KB099780

동 해
생 활

동해 생활

송지현 에세이

민음사

차 례

일러두기 　　　　『동해 생활: 송지현 에세이』 수록 작품 출전

　　　　　　　　○ 「테이킹 망상 그린플러그드」, 《실천 문학》 2019년 여름호
　　　　　　　　○ 「10월엔 마지막 서핑」, 보안 책방 '10월의 에세이'
　　　　　　　　○ 「여름의 냄새」, 《월간 불광》 2019년 8월
　　　　　　　　○ 「둘이 꾼 꿈」, '우리의 꿈은 사라지지 않는다' 행사 낭독 원고

변화들

동해 생활을 연재하는 동안 많은 것이 변했다.

일단 매일같이 민음사 블로그에 들락거리며 댓글과 좋아요를 확인하는 일이 일상이 되었다. '비밀 댓글'이 달리면 혹여나 안 좋은 내용일까 불안했고, 저번 편보다 좋아요가 많은 경우엔 괜히 기분이 좋아서 하루 종일 실실 웃으며 지내기도 했다. 그동안 실시간으로 피드백을 받지 못하는 작업을 주로 해 왔고, 그래서 외롭기도 하고 답답하기도 했는데, 연재를 하며 그런 감정이 다소 해결되었다. 물론 이 주(격주 연재이므로)가 너무나도 빨리 돌

아와서 정신을 차리고 보면 또 새로운 연재물을 써야 한다는 압박도 있긴 했지만, 어쨌든.

　가징 근 변화는 다시 본가로 이사를 한 뒤, 작업실을 얻었다는 것이다. 동해 생활 이 년 만의 일이다. 작가는 책 제목을 따라 간다더니 "이를테면 에필로그의 방식으로" 동해 생활을 쓰고 있는 셈이다.(그렇다. 책 홍보다.) 십오 년 된 아반떼로 짐을 세 번이나 옮겼는데, 아직도 이삿짐이 남아 있다. 이럴 거면 용달을 불러서 한 번에 옮길 걸 그랬다. 친구 p는 역시나 나와 함께 동해로 내려가서 새벽 3시까지 짐을 옮기고, 다음 날엔 집까지 청소해 주었다. 그는 끝없이 나오는 먼지를 보며 내게 또 욕을 했다. 이젠 내 더러움에 익숙해질 만도 한데, 그의 욕은 나날이 발전하고 있다. 따라서 나 또한 그의 욕에 익숙해지지 않는다.

　동해에서 사귄 친구들은 동생과 나의 송별회를 열어 주었다. 우리는 동해 시내에 위치한 감자탕 집에서 만났다. 그들은 각자 선물을 준비해 와서 동생과 내게 나눠 주었다. 선물 상자를 열어 보니 직접 뜨개질한 목도리가 두 개나 되었다. 나는 술에 취해 기분이 좋아져서 목도리를 목에 칭칭 감고, 에세이에 그들 이야기를 써 주겠노라고 선언했다. 당신들 이야기는『동해 생활』책이 나오면 확인하라는 말을 남겼는데(그렇다, 취중에도 책 홍보를 했다.) 결국 쓰지 못했다. 우리의 이야기들은 모두 동해에 남아 있어서 함부로 가져올 수 없는 종류의 것인지도 모른다.

동생과 나는 동해 생활을 끝내기로 결정한 날부터 매일 저녁마다 동해에서 살며 겪었던 많은 이야기들을 곱씹었다. 동해 생활과 같은 경험이 우리 인생에 다시는 오지 않을 수도 있다고. 그것이 우리의 많은 부분을 변화시켰다고. 그러면서 너는 어떤 부분이 변화하였고, 나는 어떤 부분이 변화하였으며, 그게 어쨌든 좋은 방향인 것 같다, 라는 말들을 주절주절 떠들어 댔는데……. 매번 술을 마시며 이야기를 한 터라 그냥 울고 웃었던 이미지만이 희미하게 남아 있다.

본가에 돌아온 뒤 동생과 나는 둘 다 다시 실직자가 되었다. 다시 말해, 커피 한 잔도 손을 떨면서 사 먹고 수시로 통장 잔고를 확인하는 일을 반복하고 있다는 뜻이다. 그리고 동해에서 이 년 동안 한 침대를 써 온 우리가 다시 자기 방을 갖게 되면서 왕래도 거의 없어졌다. 우리는 거실에서 만나면 오랜만이야, 하고 인사한다. 집이 엄청나게 넓은 것도 아닌데, 둘 다 게을러서 방 밖으로 잘 나오지 않기 때문이다. 각자 방에 누워서 카톡으로 배달 음식 메뉴를 정할 때도 있다. 우리는 연말까지 서로 친구들을 만나느라 바쁘다가, 그것도 이제는 시들시들해져 거실에서 함께 영화를 보거나 한다. 실업자다운 삶이다.

동해로 떠나기 전에 애증 관계였던 엄마는, 나와 동생이 떠나 있는 동안 약간 득도의 경지에 이르렀다. 내가 동해로 떠나고 얼마 지나지 않아 내 방을 정리하다가 내가 쓴 메모를 읽었다는 말도 했다. 일부러 보려던 건 아니라는 말도 덧붙였다. 어쨌든 노트에는 이렇게 쓰여 있었다고 한다.

　엄마가 혼자 살고 싶다고 했다. 여긴 엄마 집이니까 내가 나가야 한다.

그걸 보고 엄마는 며칠을 울었다고 했다. 그러면서 말했다. 자신이 그런 말을 한 것은 홧김이었으며, 전혀 진심이 아니었다고. 네가 상처 입은 그 모든 말들은 자신의 부족함에서 나온 것이라고, 앞으로는 떠나지 않아도 된다고 했다. 그 말이 이상하게 고마웠다.

새해는 본가에서 맞았다. 12월 31일 낮에 케이크를 사두었다가 신년 12시가 되자 초를 붙였다. 케이크를 잘라 먹으면서 엄마는 앞으로 죽을 때까지 화를 내지 않겠다고 선언했다. 새벽에 고양이가 화장대에 있는 물건을 떨어트릴 때 들었던 소리는 엄마의 고함이 아니었던가 싶었지만, 뭐. 그 뒤로 달라진 점이라면 엄마가 우리에게 화를 내면서 이거 화낸 거 아니다, 라고 덧붙인다는 것이

다. 엄마는 아침에 자고 있는 동생과 나의 머리칼을 쓸어 넘기며 이런 말도 했다.

"너희 할머니가 자식 여섯 명을 키우느라 잘 웃지를 않았어. 그래서 내가 웃는 법을 몰라 너희에게 못 웃어 준 것 같아 미안해. 너희는 어디 가서 잘 웃고 사랑받았으면 좋겠어."

우리는 요즘 어느 때보다 사이가 좋다. 같이 누워서 부항도 뜨고 유튜브로 '양준일' 동영상도 함께 본다. 그래서일까, 모든 곳에 언제든 쉽게 돌아갈 수 있을 것 같다, 라는 오만한 생각이 자주 든다.

동생은 다시 사진을 시작했다. 『동해 생활』에 실린 거의 대부분의 사진은 동생이 찍은 것이다. 에세이를 집필하는 동안, 무슨 내용을 쓸지 말하면 동생이 그에 맞는 사진을 골라 주었다. 편집자 Y와 함께 나를 독촉했고, 송고 전에는 항상 함께 읽으며 글을 같이 수정했다. 내가 작업실을 얻고 나서 혼자 자기가 무섭다는 말을 하자, 동생은 작업실에서 일주일 동안 함께 지내 주었다. 그런데

단 한 번도 고맙다고 말하지 못한 것이 생각났다. 오늘은 꼭 고맙다는 메시지를 보내야지.

  '동해 생활'을 연재하는 동안 정말 많은 것들이 변했다. 소설도 많이 썼다. 오래 묵혀 둔 탓에 생각만큼 잘 써지지는 않았다. 그래도 쓰고 있다는 사실이, 쓸 수 있다는 점이 즐거웠다. 쓰고 있으니 예전에는 들리지 않던 응원도 들려왔다. 생각보다 많은 사람들이 앞으로도 무서워하지 말고 계속 쓰라고 말해 주었다. 그 전에는 이런 말들을 따뜻하게 듣는 게 불가능했다. 하지만 이제는 따뜻한 말을 연료로 삼을 줄 알게 되었다. 언제든 고맙다고 말하며, 사랑한다는 말도 예전에 비해 자주 한다. 내가 좀 더 나은 사람이 되고 있는 것 같다. 변화들, 나는 언제나 변화를 무서워하면서도 좋아했다. 그것이 날 동해로 떠나게 했고 다시 돌아오게 했다. 변화의 시절을 기록한다는 기분으로, 남은 이야기들도 열심히 써 보았다.
  친구가 와인과 초콜릿을 사 들고 작업실에 왔다. 나는 친구에게 잠시만 기다리라고 말한 채로 이 글을 쓰고 있

다. 이 글을 다 쓰고 나서 우리는 동해로 출발하려고 한
다. 이번에는 짧은 여행이 될 것 같다.

동해, 더 비기닝

우울했다. 스스로 나의 우울 정도를 측정하는 기준이 있는데 그건 고등학생 때의 기분과 얼마나 비슷하느냐, 이다. 그런데 2017년, 정말 매 순간 다시 고교 시절로 돌아간 것만 같았다. 눈을 뜨면 삶이 끝나 있기를 바랐고, 모두의 기억에서 사라지기를 바랐다. 이대로는 안 될 것 같아서 다시 약을 받으러 갔다. 멋대로 휴약한 지 이 년 정도 지났을 무렵이었다. (누군가 병원에 찾아갈 때 어떤 기분이냐고 물었는데, 친한 친구인 권민경 시인의 훌륭한 대답이 생각난다. "정신적 급똥 마려움.") 새로 간 병원이라 초진을 하고, 당연히 상담을 하며 울었고, 의사는 검진 결과를 말하기 전에 내게 어떤 생각이 드느냐고 물었다.

"심하지도 않은 우울증으로 찾아와서 비웃음당할 것
같아요."

의사는 웃었고, 나도 울다가 따라 웃었고, 그는 다시
웃지 않는 얼굴로, 현재 매우 우울한 상태이니 걱정하지
않아도 된다(?)는 결과를 전해 주었다. 나는 다시 항우울
제를 복용하기로 했다.

그리고 그즈음 박상영(오늘 밤은 굶고 잔다는 그 작가 박
상영이 맞다.)은 매일같이 태국에 가자고 했다. 몇 번 거절
한 뒤 마지못해 가는 척했지만 누구보다 최선을 다해서
즐겼다. 함께 아유타야에 갔을 때 박상영이 중도에 낙오
하여 "누나, 나 먼저 방콕으로 갈게."라고 말하고 떠났을
때도 나는 혼자서 끝까지 투어 프로그램을 마쳤다. 방콕
에 내려서는 카레 국수까지 먹었다. 그리고 계속 걸었다.
하루에 열두 시간은 걸어 다녔다. 매일 밤, 태양에 화상
을 입은 어깨를 얼린 맥주캔으로 누르며 나는,

"이대로라면 우울증이 다 나을 것 같아. 이렇게 떠나서 살고 싶다."

라고 말했던 것 같다. 공항에 가기 전까지 박상영과 루프탑 바에 가서 칵테일을 한 잔씩 마시며 사진을 오백 장은 찍었다. 정말로, 이제는 괜찮을 것 같았다. 그런데 공항으로 가는 택시 안에서부터 속이 좀 불편하다 싶더니, 결국 탈이 났다. 공항에서 배 속이 부글부글 끓었고 급기야 비행기에서는 토했다. 한 번의 구토를 시작으로 화장실을 계속 들락날락거렸고, 내내 토하는 나를 승무원들은 각별히 신경 써 주었다. 승무원들의 관심을 받아서 나는 약간 기분이 좋아졌다. 아플 때도 나는 어쩔 수 없는 '관종'이었다.

태국에서 돌아오자 3월이었고, 조교 업무는 계약이 만료되었다. 오십만 원 조금 넘는 돈이 퇴직금으로 들어왔다. 그 돈으로 어디 놀러 가기도 좀 그래서 다시 매일 누워만 있었다. 그래도 병원은 일주일에 한 번씩 갔다. 선

생님에게 그냥 한 달 치 약을 주면 안 되느냐고 했다가

　"상담이라도 받으러 밖에 나와야죠."

　라는 대답을 들었기 때문이다. 그 밖의 시간에는 혼자 방에 틀어박혀 울고 웃었고, 다행히 엄마와 동생은 바깥에 나가지 않으면 못 견디는 사람들이라, 울고 웃는 내 모습을 들키지 않을 수 있었다. 동생과 엄마가 집에 들어오면 나는 누구보다 농담을 많이 했다. 동생에게는 딱히 대책도 없이 다짜고짜 회사를 그만두라고 했다. 농담처럼 말했지만 진담도 섞여 있었다. 낮에 혼자 있는 시간들이 외로워서 동생이라도 곁에 있어 주었으면 했던 것이다.

　그러면서도…….

　더 편하게 울고 웃고 싶었다. 그러다가 나는 동해에 있는 아파트를 떠올렸다. 베란다 너머로 바다가 보이는 낡은 아파트. 영화「봄날은 간다」의 이영애가 유지태에게

"라면 먹고 갈래요?"라고 말했던 바로 그 아파트. 아빠가 친구에게 빌려준 돈 대신 받아 온 매매가 1100만 원 남짓의 그 아파트. 최근 가계가 기울어(아니, 가계는 도대체 어디까지 기울 수 있는 것인지 모르겠다.) 부모님이 팔기로 한 그 아파트.

스물한 살의 나는 그 아파트에서 일 년간 살았었다. 휴학을 하고 글을 쓰겠다며 동해로 내려가서는 매일같이 「프렌즈」와 「섹스 앤 더 시티」만 봤다. 미국 드라마를 너무 많이 본 탓에 꿈마저 미국 말로 꾸던 시절. 그땐 '이밥차 레시피'를 보며 요리도 참 많이 했다. 밖에 나가서 사먹는 음식인 줄로만 알았던 가쓰동에 처음 성공했던 날도 기억났다. 친구와도 잠깐 같이 살았는데, 둘 다 글을 완성해서 투고하겠다는 말만 하고 매일같이 와인이며 맥주를 부어라 마셔라 했다. 그럼에도 친구는 꿋꿋이 초고를 완성하여 투고까지 했는데, 결국 당선되지는 않았다. 나는 당연히 한 편도 완성하지 못했다. 성과라고는 단 한 톨도 없는 나날들이었지만, 그래도 그 시간들이 그리웠다. 아무것도 하지 않을 수 있는 시간이 내게 앞으로 몇 번이나 더 올 수 있을까. 그리고 그때 '나의 현자' 권민경은 또다시 이런 이야기를 했다.

　"우리 예전에 같이 살았을 때 기억나? 그때 학교 담벼락에 기대서 밤새 귀신 얘기하고 그랬잖아. 우리는 앞으로 살면서 그 담벼락을 다시 찾아야 할 것 같아."

　그 얘기를 듣고, 나는 동해에 가야겠다고 결심했다.
　결심은 확고했는데, 태국에서 얻어 온 장염이 낫질 않았다. 나는 '정신적 급똥'과 '육체적 급똥'을 모두 앓으며, 이케아에 가서 실용성은 없지만 예쁘기만 한 물건 몇 개를 샀다. 몇 번이나 위가 뒤틀리는 느낌에 카트를 놓칠 뻔했지만 소비의 즐거움은 위대했다. 식은땀을 줄줄 흘리며 쇼핑을 마치고 집에 돌아왔는데도 복통이 나아질 기미는 전혀 보이지 않았다. 오히려 더 심해졌다. 결국 새벽에 응급실로 달려가서 검사를 받았고(실비 보험의 위대함을 느꼈다!), 역시나 별거 없다는 검사 결과를 들으며 수액과 진통제를 맞았다. 진통제를 맞자마자 몇 주 동안 앓았던 위염인지 장염인지가 갑자기 나아 버렸다. 응급실을 나섰을 때는 새벽 3시였고, 나는 '지금'이라고 생각했다. 지금이라는 것밖에는 아무 생각도 들지 않았다. 어둠 속으로 계속, 계속 액셀을 밟았다.

동거 남녀 1

지난 에피소드에서 매 순간 나는 혼자인 것처럼 묘사되었고, 그렇기에 누구보다 고독해 보였을 것이다.(아닌가?) 하지만 이 자리를 빌려 말하자면 급똥을 참던 이케아에서도, 응급실에서도, 동해로 내려오는 그 순간에도, 나는 p와 함께 있었다. p는 연재 중 블로그에 올라온 「동해 생활」 첫 편을 보고 말했다.

"소설가라는 족속들 무섭더구먼? 아주 혼자 고독과 우울을 다 떠메고 내려간 것처럼 묘사해 났더구먼?"

나는 바로 사죄했다. p는 나의 고교 시절 동창이다. 동창, 그러니까 오랜 친구라는 이유로 그는 나의 진상들을 오롯이 받아 내야 했는데, 그중 몇 가지를 나열해 보자면 이렇다.

- 새벽에 애인과 싸우고 홧김에 택시를 잡아탔는데 택시비가 없던 나는 그에게 전화를 걸었다. 자다 깬 그는 쌍욕을 하며 택시비를 송금해 주었다.
- 서울에서 자취 생활을 하던 중 쌀벌레가 생겨 난감하던 차에 집에 놀러 온 그는 쌀을 버리고 벌레를 잡더니 부엌까지 정리해 주었다.
- 이후 말하길 집에 들어오는 순간 바닥이 끈적여서 양말이 벗겨지는 꼴을 보고 부득이하게 부엌 청소를 하게 된 것이라고 했다.
- 사실…… 그는 나의 빈번한 약속 취소와 우울 전시를 견디면서도 친구로 남아 주었다.

그런 그에게 동해에 가겠다고 말했더니 그는 잠시 생

각하다가 문득 한 달 정도 함께 살아도 되겠느냐고 물었다. 당시 p는 웹툰 채색 어시스턴트로 일하고 있었고, 때문에 컴퓨터만 있으면 어디서든 일할 수 있었다. 게다가 부모님이 계신 나의 본가에서 자고 가는 데에도 거리낌이 없던 그였으니, 뭐 안 될 게 있나 싶었다. 그렇지만 한 달 동안 남녀가 함께 산다? 부모님에게 말하면 뭐라고 할까. 숨기고 살면 몸이 편할 일들도 그저 마음 편하자고 늘 고백하며 살던 나는 부모님에게 이 사실을 그대로 말했다. 미쳤냐면서 노할 것 같던 부모님은,

"혼자 있는 것보다야 누가 같이 있으면 안전하지. 게다가 p라면 더욱. 요즘 세상엔 남녀도 친구라며?"

흔쾌히 알아서 하라고 했다. 그렇게 p는 나와 이케아에서 장을 보고 응급실에 가고 함께 동해까지 내려오게 되었다. 물론 그사이에 많은 일들이 있었다. 내가 챙기는 실용성이 전무한 짐들을 보며 그는 혀를 찼고, 운전을 할 수 없을 정도로 아파서 방에 드러누운 나를 보며 그는 다

시 혀를 찼다. 결국 응급실까지 가서 검사를 받는 나를 보며 혀를 차지는 않았고, 진통제를 맞자마자 농담을 하는 나를 보며 혀를 찼고, 검사 결과 이상이 없다는 말에 마음 놓고 쌍욕을 했다…….

뭐, 그렇게 우리는 동해에 오게 되었다.

동해에서 우리가 처음 마주한 것은 바다가 아니라, 바리바리 싸 들고 온 짐들이었다. 평소 나는 나만의 집에 대한 환상 같은 게 있었다. 그런 환상 덕분에 엄마가 황토색 레이스 암막 커튼을 거실에 달아도, 체리목 서랍장을 주워 와도, 스와로브스키도 울고 갈 크리스털이 주렁주렁 달린 LED등을 설치해도, '여긴 엄마 집이니까. 언젠간 나만의 집이 생기겠지!'라면서 버텨 왔던 것이다.

그리고 마침내 '나만의 집'을 눈앞에 두자 무엇부터 해야 할지 몰랐고, 그간 나만의 집을 위해 모아 두었던 소품들을 일단 몽땅 싸 들고 온 것이었다.

그리고 집은…… 엘리베이터가 없는 6층이었다.

나는 너무 지쳐 있었고, 짐은 내일 옮기자고 했다. p는 눈앞에 있는 일은 해치워야 직성이 풀리는 성격이라 당장 짐을 옮겨야 된다고 했다. 끝내 우리는 야밤에 아파트 앞에 차를 대 놓고 헤드라이트 불빛에 의지해 장물아비들처럼 짐을 옮겼다. 모든 짐을 차에서 꺼내 현관에 놓고, 한 사람이 3층까지, 그리고 다른 한 사람이 6층까지 옮기기를 여러 번. 드디어 모든 물건이 집에 도착했다. 각종 그릇과 인형과 기타를 옮길 때 6층에서 중얼중얼 뭔가 욕설을 내뱉는 것 같은 소리가 들렸지만 무시했다. 사담이지만 나는 기타를 칠 줄 모른다.

어쨌든 집에 들어오자마자 나는 제일 먼저 레이스 커튼을 설치했다. 그런 나를 보더니 p는 말없이 고개를 돌리고는 책상을 조립하기 시작했다. 내가 책상 위에 나의 귀여운 인형들을 늘어놓고 찬장에 새로 산 식기를 켜켜이 쌓는 동안, 그는 와이파이를 연결하고 컴퓨터를 설치했다. 그러고 나자 할 일이 없어서 우리는 일종의 기념식으로서 게임을 했다. 유행이 지나도 한참 지난 '레프트포데드 2'였다. 우리는 수많은 총과 화염병을 주웠고 그만큼 많은 좀비를 죽였다. 생명력 높이는 약물을 발견했을 때는 우정이고 뭐고 없었다.

마침내 잠자리에 들었을 때 해가 뜨고 있었다. 레이스 커튼 사이로 노랗고 불그레한 빛이 녹아 들어왔다. 나는 침대에서 일어나 사진을 찍고 베란다에 팔을 걸치고 서서 바다에서 떠오르는 해를 보며 감상에 젖었다. 아, 내가 바다 보이는 집에 살게 되다니. 와중에 그는 잠이 들었다. 그리고 잠꼬대를 했다

"푹 쉬세요! 푹푹푹!"

참고로 말하지만 그는 말할 때 두성을 쓴다. 나는 그를 발로 푹푹 밟았다. 잠들어 있는 그는 나의 아름다운 우울을 훼방하러 나타난 논리와 이성의 사자 같았다. 하지만 그가 부지런히 연결한 와이파이는 무제한 요금제가 아니었던 내게 감사한 선물이었고, 나는 유튜브로 인테리어 영상 몇 개를 보다가 어느새 잠들었다.

그렇게 한 달 동안의 동거가 시작되려 하고 있었다.

동거 남녀 2

3월이었다. 바다는 한산했다, 라고 쓰고 싶지만 p와 나는 좀처럼 바다에 가지 않았다. 바다 보이는 집에 살면서도 바닷가 앞까지 가 본 일은 세 번이나 될까. 이유는 단순했다. p는 매주 연재되는 웹툰의 어시스턴트로 일했기 때문에 일주일에 두어 번은 밤을 새거나 쪽잠을 자고, 남은 날들은 계속 피곤해했다. 나는…… 일을 하지도 않는데 그냥 계속 잤다. 동해에 내려오고 나서 이 주 동안은 하루에 거의 스무 시간씩은 잔 것 같았다.

한 번은 이런 일도 있었다. 실컷 낮잠을 자고 일어났을 때였다. 해는 벌써 져 있었고, 폐허 한가운데서 깨어난 기분이 들었다. 내가 여기서 뭘 하는 거지. 밀려드는 적막함과 황망함을 도저히 이길 수 없어서 나는 조금 울었고, 낮잠이나 자다가 우는 내가 한심해서 더 울었다. 내가 뒤척이는 소리를 들었는지 p가 마침 방에 들어왔다.

"야, 너 왜 울어."

"나 너무 많이 자."

"응. 죽은 줄."

"나 너무 한심하지."

"괜찮아. 어차피 안 자도 일 안 할 거잖아."

p의 말에 나는 눈물을 닦고 담배를 찾았다. p는 사람을 긁어 놓고 옆에 와서 담배에 홀랑 불을 붙였다. 우리는 바다를 내다보며 나란히 연기를 내뿜었다. 나는 김광석의 「서른 즈음에」를 흥얼거렸다. 전적으로 "내뿜은 담배 연기처럼"이라는 가사 때문이었다. 바다는 어둠에 가려져 보이지 않았고, 담배 연기가 흰 파도처럼 퍼져 나갔다. 시원한 바람이 우리를 향해 불어왔다. 담배 연기가 모조리 우리를 향해 돌아왔다는 소리다. p가 얕은 기침을 하며 다시 컴퓨터 앞에 앉았고, 나는 다시 침대로 돌

아갔다.

    침대에 누워서 인테리어 관련 유튜브를 봤다. 화면 속 방들은 정말이지 쉽게 아름다워졌다. 옥색 싱크대가 붙어 있던 주방이 하얀 미니멀리스트의 주방으로, 노란 비닐 장판이 헤링본 타일 바닥으로……. 정말이지 쉬워 보였다. 나는 거실에서 일하고 있는 p에게 말했다.

    "아무래도 주방 시트지를 뜯고 타일을 새로 발라야겠어."

    p가 코웃음을 쳤다.

    "그게 아무나 하는 건 줄 아냐?"

    나는 p에게 타일 사이트를 보여 주었다.

    "봐, 여기 시공 방법까지 다 나와 있다고. 난 정말 이 분홍 시트지가 보기 싫어……."

    이렇게 말하면서 시트지 끄트머리를 살짝 당겼다…… 라고 생각했는데, 그렇게 벽에 잘 접착되어 있을 줄은 몰랐다. 시트지는 벽지와 함께 찢어져 덜렁거렸고, p는 한숨을 쉬었다.

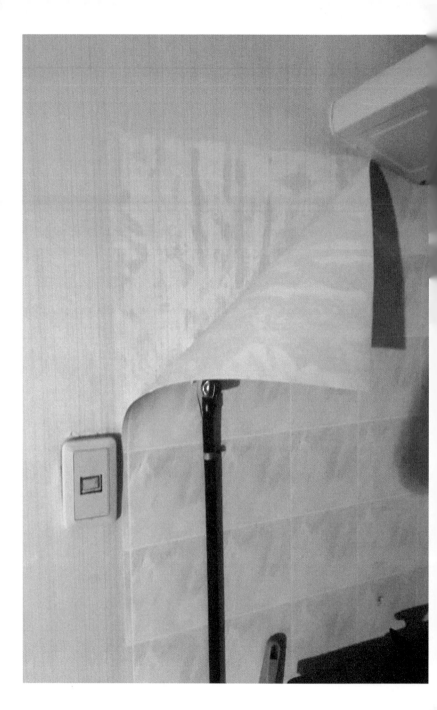

나는 바로 줄자를 가지고 부엌 크기를 재기 시작했다. 사이즈에 맞춰 타일과 시멘트를 주문했고, 부엌 타일 시공 영상을 미친 듯이 찾아보았다. 그리고 며칠 동안은 가스레인지를 쓸 때마다 달랑거리는 시트지가 불에 탈까 봐 조심해야 했다.

부엌에 타일을 붙일 거라고 했더니 서울에서 j가 왔다. j 또한 고교 동창으로, 나와 성격적으로 비슷한 부분이 많았다. 그래서인지 p와 셋이 있으면 j와 나는 뭔 일을 벌이고, p가 그것을 수습하는 모양새가 된다.

저녁에 도착한 j는 어머니가 해 주신 닭볶음탕과 깍두기 한 통, 각종 밑반찬을 들고 나타났다. 나는 j의 어머니가 해 주시는 음식을 정말 좋아한다. 한번은 섞박지를 너무 맛있게 먹고 나서 무슨 특별한 비법이 있는지를 여쭤보기까지 했다. 어머니는 레시피를 메모지에 손수 적어서 새로 담근 김치와 함께 주셨고, 이후에도 종종 j를 통해 음식을 보내 주셨다. 어머니가 음식을 보내며 단 조건은 하나다. 통은 꼭 바로 돌려줄 것. 그 때문에 음식을 통에 옮기고 나서 상을 차렸다. 역시나 맛있었고 그러다 보니 술이 생각나서 맥주를 한 캔씩 마셨다. 그런 뒤 j가 가져온 콘솔 게임기를 텔레비전에 연결해서는 새벽까지 게임을 했고…… 언제 잠들었는지도 모른 채 자고 일어나 보니, 잔뜩 쌓인 타일과 시멘트가 우리를 기다리고 있었다.

일단 벽지를 뜯어냈다. 알고 보니 내가 뜯었던 쪽만 접착력이 약해져 있었는지, 나머지 벽지는 질기게도 안 뜯겼다. 우리는 칼, 주걱, 줄자 등 동원할 수 있는 모든 도구를 이용해서 벽지를 긁어냈다. 스프레이로 물도 뿌려 보고, 벽지를 무르게 할 수 있는 모든 일을 다 시도해 보았다. 타일을 붙이기도 전인데 사전 작업을 하면서 후회가 밀려왔다. 이제는 돌이킬 수가 없음이, 게다가 결과가 어떨지를 전혀 예측할 수가 없다는 사실이, 셋 중 그 누구도 타일을 붙여 본 적이 없다는 점이, 모든 사실이 절망적이었다. 절망하는 와중에 하필이면 또 발등에 타일이 찍혀서 피가 줄줄 났다. 꽤 깊게 박혀서 사방에 피가 묻

었고, 좀체 지혈은 되지 않았다. 결국 벽지를 떼는 일은 p
와 j가 다 했다.

시멘트를 벽에 바르고, 타일을 붙여 나가는 일은 생각
보다 쉽게 진행되는 듯했다. 그런데 수도꼭지 주변 같은
곡면을 처리할 때 문제가 생겼다. 내가 구입해 둔 타일
칼이 종이조차 자르지 못했던 것이다.

"도대체 이런 칼은 어디서 산 거야?"

j가 물었고, 나는 구입한 사이트를 또 열어서 항변했다.

"이것 봐. 여기 동영상에서는 이렇게 똑딱 잘린다
고……"

j와 내가 사이트를 보며 방법을 한참 강구하는 동안, p
는 혼자 묵묵히 타일을 붙이고 있었다. 그러면서,

"이럴 줄 알았다. 결국 내가 다 할 줄 알았다."

라고 내내 중얼댔다.

솔직히 중간에 시멘트만 발라 놓고 포기할까 생각도
했는데 어찌어찌 타일을 다 붙였다. 타일 개수를 너무 딱
맞게 주문해서 작은 실수라도 했더라면 타일이 모자랄

뻔했다. 우리는 저녁으로 집 앞에서 치킨을 사 먹었는데, 세상에, 너무 맛있었다. 얼마나 맛있었냐면, 편의점에서 상한 치킨버거를 먹은 뒤 닭고기라며 입에도 못 대던 p가 이 년 만에 다시 닭을 먹게 될 정도였다. p는 이 년 만에 다시 먹게 된 닭고기에 흥분해서 거의 울기 직전이었다. 나는 뿌듯하게 그 모습을 바라보았고 그는 나와 눈이 마주치자마자 밀린 욕을 퍼부었다.

"다음엔 주방 조명을 바꿔 볼까 해."

내가 말하자 j가,

"좋은 생각이야. 난 근데 당분간 바빠서 못 올 것 같아."

라고 대답했고 p는,

"둘 다 일 좀 벌이지 마라. 아님 제발 나를 빼 주든가."

라며 울부짖었다.

새벽이 다 돼서야 j는 집에 돌아갔다. 그리고 그는 서울에 도착해서야 마치 깜빡한 게 있다는 듯 문자를 보내왔다.

"그러고 보니 동해에 가서 바다 한 번을 못 봤네"

나는 동해에 살고 있지만 바다에 간 것은 손에 꼽을 정
도라고 답해 주었다. p에게 j가 이런 문자를 보냈노라 보
여 주었고, 우리는 이 집에 바다까지 못 가게 하는 저주
같은 것이 걸려 있지 않나, 하는 이야기를 나누다가 잠들
었다.

다음 날 해가 뜰 때쯤 일어나서 부엌을 보니 내가 상상
한 그대로였다. 나는 흐뭇해하며 "역시 주방 조명을 갈
아야겠다"라고 했더니 P가 말없이 담배를 집어 들었다.

동거 남녀 3

p가 아침부터 심하게 기침을 했다. 그러고 보니 부쩍 기침이 심해지고 있었다. 그는 잠꼬대하랴, 기침하랴, 거의 제대로 자는 것 같지도 않았다. 언제나처럼 나는 충동적으로 제안했다.

"우리 금연해 보는 게 어때?"

p는 무슨 생각인지 흔쾌히 알겠다고 했다. 예전에 우리는 둘 다 다른 시기에 금연을 시도한 적이 있었다. 물론 실패에는 저마다 이유가 있었지만, 특히 p의 경우 나 때문에 실패한 것이나 다름없었다. 십육 년 지기 친구인 우리가 사 년 전에 딱 한 번 싸운 적이 있었다. 몇 달간 연락

을 끊었다가 화해하려고 만난 자리에서 p는 금연 중이었고, 내가 한 대 정도는 괜찮잖아, 뭐 이런 식으로 속삭였던 것 같기도 하고…… 어쨌든 그게 결국 오늘날까지 이어진 것이다.

그런 이유로 니는 p의 흡연에 마음의 짐을 적잖이 가지고 있었다. 게다가 기침까지 심해지는 모습을 보니 마음이 더 좋지 않았다. 그렇게 우리는 마지막 남은 담배까지만 피우고 금연에 돌입했다. 밤에는 사이좋게 오일 파스타도 만들어 먹었다. 먹고 나서 벌써부터 '식후땡'이 그립다며 방바닥을 굴렀지만 별문제는 없었다. 진짜 문제는 다음 날이었다. 일어나자마자 나는 추위를 느꼈다. 난 p를 쫓아다니며 연신, 춥지 않아? 넌 안 추워? 난 추워 죽겠어, 라고 말했고, p는 대답이 없었다. 우리는 오후에 이마트로 장을 보러 갔다. 그곳에 갈 때마다 "역시 동해 명소는 바다가 아니라 이마트지!"라고 외치곤 하던 p가 그날따라 아무 말도 없었다. 나는 p의 눈치를 살폈…… 어야 했는데 그러지 못했다. 옆에서 끊임없이 담배를 안 피우니 졸려 죽겠다는 둥, 날씨가 흐리다는 둥, 사소한

꼬투리를 들먹이며 징징거렸다. 한참이 지나서야 p의 안색이 좋지 않음을 알아차린 나는 입을 닥쳤다. 그때부터 장을 보는 시간이 평생처럼 길게 느껴졌다. 벗어나고 싶었지만 우리는 함께 6층을 말없이 올랐다. 올라와서 나는 p에게 점심을 먹겠느냐고 물었고, p는 먹지 않겠다고 했다. 나는 혼자 텔레비전에서 방송해 주는 외화를 보며 밥을 먹었다. 개수대에 그릇을 넣자마자 잠이 밀려왔고 그대로 잠들었다.

일어나 보니 p는 자신의 컴퓨터로 '배틀그라운드'를 하는 중이었다. 내 컴퓨터는 후져서 '배틀그라운드'가 안 돌아간다. 그래서 함께할 수 있는 게임이라곤 '레프트포데드 2' 정도였던 것인데. 그가 나를 두고 최신 게임을 하는 모습을 보자 문득 서운함이 밀려들었다. 서운함은 서글픔이 되었고 나는 혼자 나가서 등대까지 산책을 했다. 산책을 하다 보니 자연스럽게 슈퍼마켓으로 들어갔고…… 그렇게 짧은 금연은 끝나 버렸다. 6층까지 헉헉대며 올라가자 p는 설거지 중이었다. 내가 하려고 했는데, 중얼거리자마자 p의 손이 그릇을 놓쳤다. 우리는 망연하

게 잠시 서 있었다. 그릇을 치우는 p는 극도로 예민해 보였다. 나는 깨진 그릇을 함께 주우며 수줍게 말했다.

"우리 그냥 금연하지 말자."

뭐, 우리는 그 후로 떠나는 날까지 다시 사이좋게 지냈다.

p가 떠나는 날 아침, 나도 오랜만에 본가에 상경할 겸 함께 올라가기로 했다. 떠나기 전 아쉬운 마음에 게임 한 판을 하는데, 막냇삼촌이 집에 들른다는 연락을 받았다. 나는 어서 집을 치우고 서울로 떠나야 한다며 p를 재촉했다. 우리는 마지막 담배를 피우고 미친 듯이 집을 치웠다. 한참 집을 치우다 보니 어디서 타는 냄새가 났다. 베란다 문을 열어 보니 연기가 나고 있었다. p는 쓰레기봉투를 발로 밟았고, 나는 허겁지겁 싱크대에서 물을 받아다가 뿌렸다. 계단을 오르는 소리가 공포 영화의 신경질적인 사운드같이 가까워졌고, 나는 마지못해 문을 열었다. 다행히 코가 막혔는지, 아니면 집 안에 있는 남자를 보고 기가 막혔는지, 삼촌의 첫마디는 p를 향했다.

"사귀는 사이냐?"

"아닙니다. 그냥 친굽니다."

나는 대답하지 말라고 p의 팔을 툭툭 쳤다. 그러나 삼촌은 아랑곳없이 질문을 쏟아 냈고 나는 p의 변호사처럼 필사적으로 대신 대답했다.

"그럼 앞으로 사귈 거야?"

"아, 삼촌. 요즘 세상엔 남녀 사이도 다 친구로 지내."

부모님에게서 배운 나의 대답, 에도 불구하고 삼촌은 질문을 이어 갔다.

"남녀 사이에 친구가 어딨어! 그런데 넌 직업이 뭐냐?"

"왜 친구한테 그런 걸 물어!"

"삼촌이 궁금할 수도 있지. 직업이 없어? 그럼 뭐 먹고 살아?"

"삼촌 조카도 뭐 못 먹고살아……"

자꾸 대답하려는 p의 등에 짐 가방을 얹어 주고 출발하자는 사인을 보냈다. 마지막이라며 추억에 잠길 새도 없이 우리는 짐을 챙겨 도망치듯이 나왔다. 밖에 나와서 한동안 말도 없이 서울을 향해 가던 우리는 어느 순간 갑

자기 웃음을 터트렸다. 너무 웃는 바람에 결국 가까운 휴게소에 멈출 수밖에 없었다. 우리는 거기서 끼니를 대충 때우고 편의점에 가서 담배를 한 갑씩 샀다.

✳

p가 나와 함께 동해에 내려온 이유는 아직도 알 수가 없다. 그는 데스크톱과 모니터와 태블릿까지 챙겨서 나와 함께 내려왔다. 굳이 이 좁은 집에, 바다를 매일 보지도 않을 거면서, 자신의 월급을 이마트에 다 탕진하면서, 게다가 또 한 번의 금연 실패의 기록을 남기면서까지. 그래서 예견된 실패에도 불구하고 나와 함께해 준 그에게 고맙다고 말하고 싶다.

그는 내가 폐허에서 깨어나는 기분이 들 때마다 나에게 짓궂은 농담을 던져서 현실로 데리고 와 주었다. 그는 내가 일어날 때마다 따로 치울 필요가 없을 정도로 깨끗하게 집을 치워 놓았다. 최신 게임을 두고도 나랑 함께 '고전 게임'을 플레이해 주었고, '함께'라는 말을 다시금 생각하게 해 주었다. 그가 없는 한 달의 동해 생활은 상상조차 할 수 없게 되었다. 그런 그에게 내가 해 줄 수 있는 일이라고는, 우리가 함께했던 한 달이 조금이나마 돌아오고 싶은 시간, 그러니까 민경 언니가 얘기했던 담벼락 같은 시간으로 기억되길 바라는 것뿐이다.

그리고 마지막으로 이 글을 읽는 독자분들에게 한 말씀 드리고자 한다. 방과 거실밖에 없는 작은 공간에서라면, 특히 눈을 뜨는 순간 매일같이 서로의 얼굴을 봐야 하는 곳에 둘 이상 거주해야 한다면, 함부로 금연을 시도하지 말라.

짐은 고양이 두 마리면 충분해

동생과 나는 나이 차이가 많이 나는 편이다. 내가 열 살 때 동생이 태어났으니까, 아홉 살 터울이 나는 셈이다. 셈이라고 하는 데에는 이유가 있는데, 동생이 학교를 한 해 일찍 들어갔기 때문이다. 빠른년생도 아닌데 그냥 일찍 들어갔다. 이유는 모르겠다. 동생이 학교에 가고 싶다고 졸랐던 것 같기도 하고, 엄마가 동생을 영재라 믿었던 것 같기도 하다.

동생은 고등학교 때 사진을 전공했는데, 갑자기 전공을 바꿔서 보컬 전공으로 대학에 들어갔고 한 학기 만에 자퇴했다. 그리고 바로 사회생활을 시작했다. 언제나 빠른 선택을 하는 동생이었다. 동생은 웹툰 플랫폼을 운영하는 회사에서 작가 관리 겸 교정 교열을 담당했고, 명함에는 '웹툰 PD'라고 찍혀 있었다. 그리고 PD 명함을 받은 대가로 엄청난 야근에 시달렸는데, 심할 때는 일주일 내내 새벽 4시가 넘어서 퇴근할 지경이었다. 당시 이미 동해에 내려가기로 결정했던 나는, 동생이 귀가 할 때마다 현관문 앞에 서서(나는 PD 명함이 없음에도 새벽 4시까지 안 잤다.) "동해 갈래?"라고 말했고, 7시에 일어나 씻고 머리를 말리는 동생 옆에서(역시나 7시까지도 안 잤다.) "동해 갈래?"라고 말하고는 동생이 출근하면 잠들었다. 훗날 동생이 그 시기에 대해 말하길, 자기가 귀신에게 시달리는 공포 영화의 주인공이 된 것 같은 기분이었다고 한다. 어쨌든 나의 강력한 어필은 내가 동해에 내려갈 때까지 통하지 않았는데, 동생은 이미 월급의 기쁨을 아는 몸이 되었기 때문이었다.

하지만 p와의 동해 생활이 끝나고 본가에 잠시 들렀을 때 상황은 조금 변해 있었다. 동생 회사에서 큰 구조 조정이 있었던 모양이다. 동생을 제외한 모든 직원들이 해

고당했고, 그 직원들의 일을 동생이 혼자 떠맡게 되어서 동생은 거의 미쳐 버릴 지경이라고 했다. 동생은 내게 말했다.

"진짜 너무 힘들어서 쓰러지고 싶은데, 그 와중에 나 니무 건강해."

해 줄 말이 없어서 나는 위로 대신 대답을 했다.

"동해 갈래?"

동생은 며칠 더 생각해 본다고 했고, 숙려 끝에, 실업급여를 받는 동안만 동해에 머물기로 결정했다. 안 그래도 앞으로 혼자 지낼 시간이 막막했던 나는 팡파르를 울렸고, 이 사실을 친구들에게 자랑조로 말했다. 앞으로 삼 개월 정도 동생과 함께 살 것이고, 그러다 보면 곧 여름이 올 거고, 우리는 매일매일 바다로 나가서 해수욕을 할 것이다! 뭐 이런 내용이었다. 그러자 뜬금없이 K가 자신도 동해에 데려가 달라고 했는데, K로 말할 것 같으면 나의 초등학교 동창인 L의 대학 동기다. 우리가 처음 만난 곳은 L의 자취방에서였고, 부어라 마셔라 했던 그날 이후, 주량을 비롯하여 술을 마시면 노래방을 찾는 음주

가무 스타일 또한 비슷하다는 사실을 알게 되어 술친구가 되었다. L이 만성 위염에 시달린 뒤로 술을 멀리하면서부터는 L을 빼고 둘이서 마시기 시작했고, K가 실직한 뒤로는 더 자주 마셨다. 그는 자신을 동해에 데려가 주면 양주를 챙겨 오겠노라고 했다. 동생과 나는 흔쾌히 그러라고 했다. K는 우리가 동해로 떠나는 날 본가로 와서 동생의 짐을 옮기는 일을 도와주기로 했다.

나는 동생이 짐을 싸는 모습을 구경했다. 동생은 나와 달리 꽤나 합리적으로 짐을 챙겼다. 짐을 다 챙겼는데도 데스크톱 한 대와 캐리어 하나가 전부였다. 짐을 나르러 온 K는 생각보다 단출한 짐에 놀랐다. 내가 6층까지 짐을 몇 번이나 옮겼는지 익히 들었던 것이다. 그러나 개수와는 별개로 커다란 짐들이 추가되었는데 그건 바로 고양이들이었다. 고양이들만 두고 우리끼리 떠날 수가 없었던 것이다. 동해에 한 달간 있으면서도 나는 고양이들이 눈에 밟혀 죽을 뻔했다. 두리와 보리가 보고 싶어서 동생에게 자주 영상 통화를 걸기도 했다. 동생 또한 고양이 없이는 못 살 터였고, 따라서 애당초 데려가기로 결정한 것이다.

　결정은 했는데, 문제가 있었다. 차를 자주 타 버릇한 보리는 괜찮았지만, 두리는 바깥에 나가기만 해도 곧장 개구 호흡을 시작하고 침을 줄줄 흘리다가 이동장 안에 똥을 지리고 끝내 널브러지는 성향이었다. 마음을 단단히 먹어야 했다. 우리는 고양이가 좋아하는 음악을 준비했고, 평소에 두리가 아끼던 천을 이동장 안에 깔아 주었다. 그렇게 이번에는 단출할 줄 알았던 짐(?)은 데스크톱 한 대와 캐리어 하나, 고양이 두 마리로 늘어나게 되었다. 동생은 캐리어와 모니터를 들고, K는 데스크톱 본체를 들고, 나는 양쪽 어깨에 고양이 이동장을 메고 비장하게 집을 떠났다. 이때의 BGM은 아마도 「풍문으로 들었소」였으리라. 차에 타자마자 고양이들은 각각의 이동장에 담겨 울어 댔고, 하도 정신이 없어서 내비게이션을 잘못 보고 다른 방향의 고속 도로를 타게 됐으며, 유턴을 몇 번이나 반복한 다음에야 바른 길로 들어설 수 있었다. 그러나 안도도 잠시, 두리가…… 결국 똥을 쌌다. 이동장을 무릎에 올려놨던 동생은,

"언니, 나 무릎이 따뜻해……"

라고 중얼거렸고, 내비게이션에 표시된 남은 주행 시간은 무려 2시간 30분이었다. 그 뒤로 두 시간 반 동안 동생의 헛구역질이 시작되었고, K는 동생이 헛구역질을 할 때마다 미리 창문을 내려 바깥 공기를 마시며 숨을 쉬었다.

동해 집에 가다 보면 필수로 '해맞이길'이라는 꼬불꼬불하고 높다란 길을 거쳐야 한다. 거기를 지나면서 나는 동해에 한 달 먼저 산 사람답게,

"여기가 야경이 제일 멋진 곳이야"

아는 척을 했고 K와 동생은 동시에 외쳤다.

"제발 닥치고 빨리 가기나 해!"

나는 묵묵히 액셀을 밟았다. 사실 운전석에서는 두리의 똥 냄새가 잘 느껴지지 않았다.

어찌어찌 도착을 하고 정신이 혼미한 상태의 두리를 6층까지 옮겨서 씻겼다. 씻기고 나니 보리가 두리를 못 알아보기 시작했다. 우리는 털이 덜 마른 고양이와 그 고양

이에게 하악질을 하는 고양이를 두고 바닥에 널브러졌다. 동생이 보리를 보면서 말했다.

"눈이 안 좋은 거야, 머리가 안 좋은 거야?"

나는 바닥에 엎어진 채로 웃었고, 고양이들은 여전히 난리였으며 K는 벌떡 일어나 가방에서 뭔가를 주섬주섬 꺼냈다. 글렌모렌지(Glenmorangie) 위스키였다. 피곤한 와중에도 우리는 무드등을 켜고 술상을 차렸다. 동생이 한 잔을 쭉 들이켜더니,

"글렌모렌지라도 없었으면 오늘 울면서 잤겠다."

했고, 그렇게 고양이 둘과 인간 셋은 동이 트는 광경을 보고 잠들었다.

실업자 셋이 모이면

K는 두 주 정도를 머물다가 갔다. 그가 이렇게 길게 머물 수 있었던 까닭은 실직 상태였기 때문이다. 그렇다. 동해에 있던 인간 셋은 모두 실직자였다. 세 실직자는 할 일이 없어서 매일같이 술을 마셨고(글렌모렌지는 하루 만에 동났다.), 택시를 불러 노래방에 갔으며(앞서 말했듯 동생은 보컬 전공이다.), 일어나면 해장을 하러 헤맸다.(K는 인스타그램에 음식 사진만 올린다.) 우리 주종은 다양했으며 숙취도 각양각색이었다. 숙취가 해소되면 마트로 장을 보러 갔다. 그렇게 또 새로운 음주가 시작되고, 각자 숙취를 겪고, 다시 마트로…… 일주일 정도 술독에 빠져

지내던 우리는 숙취에 시달리며 깨어난 어느 날 아침, 음주 대신 할 일을 찾아 헤맸다. K가 맛집을 검색하던 실력으로 주변 관광지를 검색했다. 집 근처에 등대와 논골담길이 있다고 나왔다. 우리는 해장용 아메리카노를 사러 나갈 겸 슬슬 걸어 나갔다. 집 앞 동사무소에는 키 큰 나무가 서 있었는데 슬슬 목련이 봉오리를 맺으려고 했다. 목련을 보자 엄마 생각이 났다. 엄마가 나를 가졌을 때 양수가 터져서 병원에 입원했을 무렵의 이야기다. 병원에 들어갈 때 본 한밤의 목련은 아직 봉오리였는데, 아이를 낳고 퇴원하는 아침의 목련은 활짝 만개해 있었다고. 나는 이 얘기를 동생과 K에게 했다.

동생은 이렇게 말했다. "엄마랑 언니는 그 얘길 평생 할 셈이야?"

나도 지지 않고 답했다. "내 생일이 다가오고 있다는 말을 돌려서 하는 거야."

그러자 K도 한마디 보탰다. "알지? 내 생일이 너보다 먼저인 거."

단 한 마디도 이기지 못한 대화였다.

걷다 보니 등대에 도착했다. 나는 이 등대에 몇 번 가 본 적이 있다. 여기를 한마디로 정리하자면 '공공 기관 취향이 가득한 곳'이라고 할 수 있겠다. 당최 이해할 수 없는 구조물들과 녹이 슬어 가는 포토 스포트, 굳이 왜 등대에 설치되어 있는지 모르겠는 오목 거울과 볼록 거울, 그리고 모든 곳에 붙어 있는 구조물에 대한 설명문(오목 거울과 볼록 거울에도 이렇게 많은 의미가 있다니.)이 바로 그것이다.

하지만 이런 등대에도 좋은 점이 하나 있는데, 등대 아래에 위치한 카페다. 커피 맛은 보통이지만 바다를 보면서 음료를 마실 수 있는 야외 테이블이 있다. 우리는 바다를 내다보며 커피를 마셨다. K가 커피를 마시다가 말했다.

"나…… 여기 온 뒤로 밖에서 바다를 처음 봐."

탁 트인 곳에 나오니 매일같이 마셔 댄 술이 처음으로 후회됐다. 나는 제안했다.

"우리 오늘은 맥주나 한 캔 마시고 일찍 자자. 이제부턴 낮에 좀 더 많이 돌아다니고."

다들 좋은 생각이라고 했다. 우리는 내친김에 논골담길까지 걸어 내려갔다. 논골담길은 등대 곁에 자리한 벽화 마을이다. 상점들이 주말에만 문을 열어서 고요했다. 오랜만에 한낮의 빛을 맞으며 걸었고, 벽화 앞에서 사진을 찍었고, 서로의 얼굴에 맺힌 그림자를 바라보며 깔깔댔다.

산책을 마치고 집에 돌아와, 우리는 뭔가 더 할 게 없을까 고민했다. 시계는 오후 2시를 알리고 있었다. 시간이 아주 느리게 흐르는 기분이었다. K가 누워서 뒹굴다가 뭘 검색하더니 제안했다.

"우리 실업 급여 받으러 가자!"

고용 센터는 강릉에 있었다. 우리는 십사 년 된 아반떼를 타고 도시를 넘었다. 처음으로 강릉에 간다는 사실과, 드디어 밀린(?) 돈을 받는다는 기쁨에, 우리의 선곡은 1990년대 댄스곡. 낡은 차가 들썩였다.

고용 센터에 도착해서 동생과 나는 나란히 신분증을 제출했다. 담당 직원은 우리의 이름을 보더니(송지현, 송주현), 자매가 나란히 실직했느냐고 물었다. 나는 조금 부끄러웠는데 동생은 대답을 거침없이 잘했다.

"네. 둘이 같이 동해에서 살려고 왔어요."

직원은 반색하며 대꾸했다.

"강원도에 청년들이 없어요. 여기서 일자리도 잡고 그래요. 잘 왔어요, 잘 왔어."

뭐랄까 공적인 환영 인사를 들은 것만 같아서, 나는 정말 여기에 잘 온 것 같다고 생각했다. 직원은 우리에게 커다란 비밀을 일러 주듯이 재차 말했다.

"올해부터 최저 임금이 올라서 작년보다 수령 금액이 많을 거예요."

나는 환호했다. 담당자가 수령 예상 금액을 알려 주었다. 월 50만 원을 받으며 일하던 내게는 꿈만 같은 숫자였다. 온 나라가 나서서 내가 강원도에 온 것을 환영하고 있구나. 그런 생각에 잠겨 가만 옆을 보니 동생과 K도 각각의 수령 예상 금액을 계산하고 있었다. 정규직이던 둘의 숫자는 일단 나랑 자릿수부터 달랐고, 특히 K의 금액은 내가 한 번도 벌어 본 적 없는 돈이었다. 동생도 K의 수령 예상 금액을 보더니 환호를 멈췄다. K는 앞으로 세 번 더 강릉 고용 센터에 와야 한다는 설명을 듣더니 자신이 사는 지역 내에서 다시 신청하겠노라 했고, 동생과 나만 조용히 신청을 마쳤다. 나오는 길에 내 표정을 살피던 K는 저녁엔 소고기와 와인을 먹자고 했다. 오늘은 자기가 쏜다며.

그렇게 우리는 동해로 돌아와 늘 하던 대로 마트에서 술과 고기를 샀고, 6층까지 헐떡이며 장바구니를 들고 올라왔다. 현관문을 열려고 하는데 작은 택배 상자가 문과 함께 밀려났다. K가 이제야 왔다며 반가워했다. 상자를 뜯어보니 휴대폰에 연결할 수 있는 마이크였다.

"맨날 택시타고 노래방 가기 귀찮아서……" K가 말했다.

나는 와인을 마시며 노래 한 곡을 뽑았다. 셋 중에 제일 노래를 못하는 나지만, 그래도 "내 실업 급여 수령 금액이 제일 작잖아!" 하는 마음으로, 밤새도록 너바나를 불렀다. 나는 동생이 K에게 중얼거리는 소리를 들었다.

"그러게 왜 글을 쓴다고 해 가지고……. 오늘 마이크는 쟤 주자."

맞는 말이라 나는 그로울링(Growling)을 했다.

취미의 왕 1

  나는 어떤 시기가 오면 때때로 취미 생활에 몰두한다. 날이 슬슬 따뜻해지기 시작하면 특히 그러한데, 겨우내 집에 처박혀서 아무것도 안 하다가 동면이 풀린 듯이 활동을 시작하곤 한다. 동네에 있는 각종 공방을 뒤지고, 가까운 대학을 검색하여 평생 교육원의 강의 목록을 확인한다. 더 따뜻해지면 운동에도 도전한다.

  사실 취미 생활에는 여러 요소가 필요한데, 일단 시간과 돈이 제일 중요하다. 나의 경우, 시간이야 남아도니 논외로 하고 나면 필요한 것은 돈이 되겠다. 일단 지출의 대부분이 재료 준비에 쏠리는데, 내가 전문가 못지않은 장비를 갖춰야만 직성이 풀리는 부류라서 더 그렇다. 그 때문에 내 방에는 수많은 취미 생활의 부산물들이 널려 있어서 정신이 하나도 없다. 미니멀 라이프는 다음 생에나 도전해 볼 수 있을 것 같다. 큰맘 먹고 버리려고만 하면 모든 물건들에 마음이 설레고야 마는 것이다.

얼마 전 p는 우리 집에 놀러 와서 내가 책상에 올려 둔 '프리즈마 색연필 72색'을 보고 말했다.

"와. 그림 전공하는 나도 한번 못 사 본 건데"

색연필 인물화를 시작하기 전에 사 두었던 물건으로, 나는 색연필을 비롯한 각종 재료를 사고 강의료까지 낸 뒤에 막상 수업에는 한 번도 가지 않았다. 괜히 부끄러워져, 너를 위한 것이니 우리 집에 와서 마음껏 쓰라고 말해 주었다.

장비 마련에 드는 돈 말고도 취미 생활을 하려면 강의료를 내야 한다. 강의료를 내고 나면 출석을 해야 하고,

출석을 하려면 집 밖으로 나가야 하는데, 처음 등록할 때와는 다르게 중간 정도 지나면 출석 자체가 그렇게 힘들다. 결국에는 강의료만 날리고 자체 휴강을 맞아 버리는 것이 내 취미 생활의 최후다.

그 덕분에 친구들이 나에게 붙여 준 몇 가지 별명을 소개하자면 이렇다.

생활 체육계의 큰손(여름이 오기 전에 등록하고 세 번쯤 출석한 뒤 좀처럼 가지 않는 운동 등록을 말한다.), 문화 예술계의 기부 천사.(나는 왜 취미조차 문화 예술에 집착하는가?)

나는 무슨 일이든 벌여 놓고 좀처럼 끝맺지 못한다. 취미 생활도 별반 다르지 않다. 내가 도전했던 취미에 대해서 간단히 나열하자면 다음과 같다.

기타 연주(F코드 안 잡혀서 포기함.), 재즈 피아노(보사노바 배우다가 왼손, 오른손이 같이 움직여서 관둠.), 자개(조개는 붙여 보지도 못하고 옻칠과 사포질을 하다가 때려치움.), 색연필 인물화(하루 가고 안 감.), 그냥 인물화(색연필 인물화와 같은 최후.), 실크 스크린(딱 하루, 같은 엽서만 백 장 찍고 다시는 장비를 꺼내지 않음.), 딥펜그래피(펜촉만 신나게 사고 한 글자도 안 써 봄.), 현대 미술(칭찬받자 부담스러워서 안 감.)……

그 밖에도 많은 취미 생활에 도전했지만 단 한 가지도 끝까지 해낸 적이 없었다. 그런데 취미를 끝까지 해 버리면 더 이상 취미가 아닌 거 아닌가? 어쨌든.

*

동해로 이사를 하고 어느 정도 집도 정리가 되어, 동사무소에 전입 신고를 하러 갔을 때였다. 동사무소에서 내게 동해시에서 발행하는 잡지를 건넸고, 무심코 페이지를 넘겨 보다가 무료 강의 목록을 확인하고야 만 것이다. 마침 계절도 취미 생활을 하기에 가장 좋은 4월. 새로운 동네에서 새로운 삶을 시작하는 동시에 새로운 취미를 가진다! 어쩐지 느낌이 좋았다. 이번 취미는 꼭 전문가 언저리까지 해 보자, 라는 굳은 결심을 하고 나서, 나는 동생에게 그 사실을 알렸다. 동생은 강의 목록을 확인하더니 기타 수업이 마음에 든다고 했다. 그 이야기를 듣자마자 나는 인티넷으로 기타를 샀다. 3개월 할부로…….

나는 머릿속으로 이미 수많은 곡들을 커버했고, 더 나아가 노래하는 모습을 유튜브에 올려서 스타가 되어 보자는 둥의 이야기를 하며 이번에는 기필코 F코드의 벽을 뛰어넘고 말리라, 마음을 다잡았다. 물론 유튜브에 검색해 보면 아시겠지만, 그런 일은 일어나지 않았다.

동생의 선택과 달리 내 마음에 들어온 강의는 한국화 수업. 벌써부터 진경산수화를 그릴 수 있을 것만 같았다. 나는 어차피 무료이므로 한국화 수업도 같이 듣자고 동생을 꾀었다. 내가 무료라는 말을 재차 강조하자, 한국화에는 관심이 하나도 없던 동생이 시간표를 확인하고는 물었다.

"언니. 아침 9신데 아무리 무료라도 이게 가능하겠어?"

나는 당당히 대답했다.

"우리 어차피 아침 9시까지 안 자잖아?"

우리는 다음 날 동사무소에 가서 강의 신청서를 냈다. 동사무소 직원은 강의 신청서를 작성하는 우리를 보고 걱정 어린 눈초리로 말했다.

"두 수업 모두, 다른 수강생 분들 연령대가 좀 높은 편인데, 괜찮겠어요?"

"저희는 상관없어요."

집으로 돌아오는 길에 이런 풍경도 이제 다 그릴 수 있겠지, 뭐 그런 얘기를 나누며 꽃봉오리가 매달린 나뭇가지의 사진을 찍었다. 꽃은 도무지 피지 않는 나의 생일이 다가오는 4월. 우리는 결심이란 결국 무너지기 위해 하는 것이라는 사실을 까맣게 모른 채로, 그저 신이 난 상태로 귀가했다. 그리고 월요일 오전 9시, '한국화 수업'을 달력에 표시해 두었다.

취미의 왕 2

일요일 새벽, 동생과 나는 밤을 새기로 했다. 술도 마시지 않고, 오로지 취미 활동을 하기 위해서 밤을 새기는 굉장히 지루한 일이었다. 우리는 침대에 누워서 휴대폰을 만지작거리며 그 시간을 버텼다. 새벽 3시쯤, 우리에게 한 차례 고비가 찾아왔다. 동생은 졸다가 휴대폰을 얼굴에 떨어트리고는 중얼거렸다.

"꼭…… 이렇게 해서까지 가야 하는 거겠지……?"

나는 그 순간 우리 자매의 고등학교 생활 기록부를 생각했다. 출결 점수가 엉망인 점이 똑 닮았던 우리는 심지어 대학 입시 면접에서 '왜 학교를 이렇게 안 나갔느냐?'

라는 말까지 똑같이 들었다. 그러게, 그땐 왜 그랬을까.

고등학교 때 나는 매일 밤 지인들과의 채팅에 몰두했다. 별로 대단하지도 않은 이야기들을 공유하던 채팅은 새벽까지 계속되었고, 나는 해가 뜰 무렵에나 잠자리에 들었다. 등교 시간에는 당연히 못 일어났고, '에이, 이왕 늦은 거 그냥 가지 말자!' 하고 학교 대신 다른 곳을 헤매고 다녔다. 그러고 보니 동생은 왜 그렇게 학교에 안 갔을까. 뭐, 각자 사정이 있겠지 생각하면서도, 이렇게 매일 새벽까지 깨어 있는 우리를 보면, 애초에 우리 유전자 자체가 새벽 시간대에만 잠들도록 맞춰져 있는지도 모른다는 생각을 했다. 뭘 배우러 가기 위해서 깨어 있다는 동기를 가지고는 졸음에 무력해진다는 사실조차.

*

해가 정말 느리게 뜨는 기분이었다. 게다가 해가 뜨고 나서도 9시까지는 생각보다 한참 기다려야만 했다. 우리는 각성하기 위해 따뜻한 커피를 타 먹었지만, 뜨뜻한 게

들어가니 카페인이고 나발이고 나른해졌다. 지옥 같았다. 나는 동생에게 체호프의「자고 싶다」라는 단편의 줄거리를 말해 주었다. 동생은 침대에 기대어 앉아 커피를 호록대며 말했다.

"그래서 날 죽이겠다는 건 아니지?"

"그건 아니지. 너 때문에 못 자는 건 아니니까. 한국화 수업을 죽이는 게 맥락상 맞지⋯⋯?"

그런 농담을 하며 8시 반쯤 되어 슬슬 나갈 준비를 했다.

첫 수업은 항상 긴장된다. 가끔은 이 긴장감 때문에 첫 수업을 가지 못하고 모든 커리큘럼을 포기한 적도 있었다. 그러나 동생이 함께한다고 생각하니 좀 나았다. 캘리그래피를 할 때 쓰던 붓과 화선지를 챙겼다.

교실에 도착하자 흰머리를 하나로 묶은 선생님께서 우리를 반갑게 맞아 주셨다. 선생님보다 나이가 많아 보이는 수강생들도 물론 우리를 반갑게, 그러나 우리가 '신참'이라는 사실을 잊지 않도록, 맞이했다. 선생님은 우리가 가져온 붓과 화선지가 좋지 않다면서 브랜드 몇 개를 알려 주었다. 나는 그 자리에서 추천받은 브랜드의 화선

지를 1000장이나 주문했다.

처음 배운 것은 삼묵법. 농담(濃淡)을 표현하기란 생각보다 어려운 일이었다. 그러나 농담을 표현하는 일보다 더 어려운 것이 있었다. 아주머니들이 싸 오는 간식을 처리하는 일이었다. 가뜩이나 밤을 새서 입은 바짝바짝 마르고 도통 뭐가 먹고 싶지 않았다. 하지만 우리 상태를 모르는(알아도 신경을 안 쓰셨을) 수강생 아주머니는 요리책에 나올 법한 계란 샌드위치를 도시락에 차곡차곡 싸 와서 우리에게 나눠 주었다. 우리가 새로 온다는 사실을 몰라서 많이 준비하지 못했다며 미안해하기까지 하셨다. 동생과 나는 우리 몫으로 배정된 샌드위치를 겨우겨우 입에 밀어 넣으며 충분하다고, 너무 맛있다고 엄지를 추켜올렸다. 선만 긋길 두 시간째. 배도 부르겠다, 단순노동(?)을 하겠다, 잠이 쏟아져서 죽을 지경이었다. 나는 허벅지를 꼬집어 가며 잠을 참았다. 그러다가 결국 꾸벅꾸벅 졸고 있을 때 수강생 아주머니가 이번에는 20인용 압력 밥솥과 대야를 들고 나타났다. 나는 옆에서 같이 졸고 있던 동생을 툭툭 쳐서 깨웠다. 동생도 압력 밥솥의

크기를 보자마자 잠이 달아난 것 같았다. 나는 예의상 아주머니께 '뭐 도와 드릴 일 없을까요?'라고 물었고 아주머니는 환하게 웃었다.

그렇게 나는 압력 밥솥에서 밥을 푸기 시작했다. 한국회 수업을 들으러 왔는지 식당 알바를 하러 왔는지 헷갈릴 판국이었다. 동생도 덩달아 아주머니를 돕기 시작했는데, 곧 거대 대야의 정체가 밝혀졌다. 그 안에는 회가 들어 있었다. 아주머니는 밥 위에 푸짐하게 회를 담아 올리며,

"오늘 점심은 회덮밥이에요."

라고 수줍게 말했다. 계란 샌드위치로 이미 터질 것 같은 위장에 초장을 한 바퀴 두른 회덮밥을 쑤셔 넣었다. 연신 엄지손가락을 치켜드는 것도 잊지 않았다. 한바탕 식사를 하고 나니 의문이 들었다. 왜 아주머니가 이 식사를 준비하시는 걸까. 나는 아주머니께 식사 담당자인지를 물었고, 아주머니는 황당하다는 듯 대답했다.

"에이, 이걸 어떻게 매번 준비해. 돌아가면서 하는 거야."

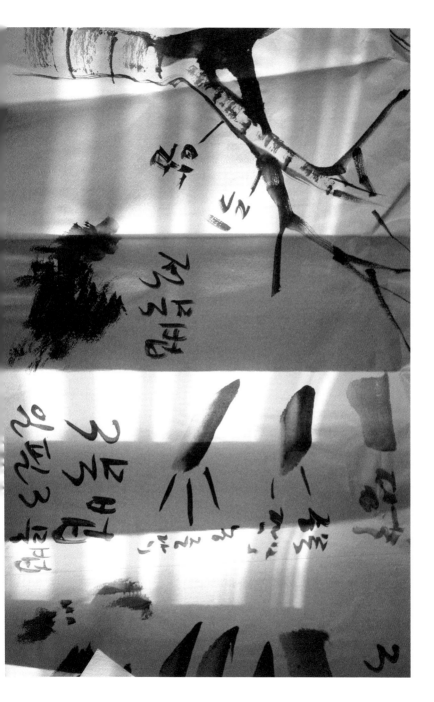

"그럼 저희도 해야 하나요?"

"그럼. 우리 다음 주면 한 바퀴 다 도니까 다다음 주에 준비해 오면 되겠네."

*

집에 돌아오는 길에 우리는 삼묵법이 아닌 미래의 점심 메뉴를 논의했다. 아무리 생각해도 요리를 할 자신이 없었다. 아침, 점심을 다 준비해야 하다니. 우리가 영양사냐고! 뭐 그런 얘기를 하다가 실컷 자고 일어났다. 그리고 예정된 일처럼 다음 주부터 수업에 나가지 않았다.

*

에필로그

기타 수업은 훨씬 원활하게 진행되는 것 같았다. 일단 오후 12시 수업이라는 점이 그랬다. 「곰 세 마리」의 악보를 받아서 연주하자, 다른 수강생들의 박수를 받았다.

"와! 우리는 세 달 걸려서 겨우 쳤는데. 역시 대도시 아가씨들은 달라."

그리고 삼 주 뒤. 기타 선생님의 다리가 부러졌고, 수업은 폐강되었다……. 취미 생활의 끝자락에 우리에게 남은 것이라고는 화선지 1000장이었다. 그것뿐이었다…….

생일 같은 거 아무도 모르고 넘어갔으면[1]

며칠 전에 선우정아의 앨범을 쭉 듣다가 이 가사를 듣고 무한 공감했다. 생일 같은 거 정말 아무도 모르고 넘어갔으면 좋겠다. 생일 즈음에 밀려오는 우울감은 정말 견디기 힘들다. 일 년 동안 아무것도 해내지 못했다는 생각이 들어서일까. 대단하지도 않은 이런 일상조차 버겁게 살아가는 것이 나의 삶이라는 사실을 깨달아 버린 절망일까. 혹은, 그냥 인간은 슬픔과 함께 태어나는 존재일까.

뭐, 저 중에 어떤 이유든, 혹은 저 모든 이유든, 내가 생

1   선우정아, 「my birthday song」 가사에서.

일 즈음에 우울해진다는 점만큼은 확실하다. 그때는 사람도 만나지 않고 집에만 처박혀 있다가, 생일이니 한잔 마시자는 친구들의 연락에 억지로 외출을 하고, 케이크에 꽂힌 초를 불 때쯤이면 만취해서 울고 마는 게 보통 나의 생일이다.

내가 울어도 친구들은 눈 하나 깜짝하지 않는다. 다행이라고 생각한다. 옆에서 위로까지 해 줬으면 더 비참했을 것 같다. 그래서 나는 내 서른 살 생일에 찍었던 사진을 좋아한다. 사진 속의 나는 노래방에 주저앉아 오열하고 있다. 우는 내 옆에서 친구들은 '브이'를 하거나 아이돌 춤을 추거나 마이크를 들고 열창하는 모습이다. 물론 그때는 우느라 바빠서 친구들이 저러고 있는지조차 몰랐지만……. 사진을 보고 역시나 내 친구들이라고 생각했다.

어쨌든 그런 이유들(우울감으로 인한 기억력 저하와 만취 등)로 나의 생일 즈음, 그러니까 4월의 기억은 항상 희미하다. 그래서 이 글을 쓰기 전에 나는 동생에게 물었다.

"「동해 생활」, 이제 내 생일 얘기 쓸 건데, 기억이 잘 안 나네. 그때 우리 뭐하고 지냈지?"

그러자 동생의 표정이 급격히 안 좋아졌다.

"정말 알고 싶어?"

"응. 왜 그러는데?"

"기다려 봐."

그리더니 동생은 컴퓨터를 켜고 한글 파일을 열어서 보여 주었다.

"4월에 내가 쓴 일기야."

다음은 동생이 쓴 일기의 일부다.

4월 12일

언니가 간염 예방 주사를 맞는다고 해서 같이 다녀왔다. 다녀오는 길에 카더가든(Car the garden)의 「비욘드(beyond)」라는 노래를 듣다가 운전하던 언니가 울었다. 난 언제 마지막으로 울었더라. 생각해 보니 이불을 정리하다 언니가 실수로 날린 주먹에 맞아서 운 게 마지막이었다.

4월 17일

언니가 결제한 게임 정액권이 끝났다. 언니는 아침부터 밤까지 멍하니 있다. 차라리 새벽까지 게임을 할 때가 더 훨기샀다. 밤에는 게임 세계관을 정리한 만화를 본다. 지금은 팔 년 전에 나온 인디밴드 음악을 들으면서 고양이를 안고 펑펑 울고 있다. 내 돈으로 게임 정액권을 결제해 주리라 다짐했다.

4월 19일

언니는 트위터를 보면서 울고 있다. 게임 정액권, 꼭 결제해 줘야지.

나는 숨도 못 쉬고 웃었다. 내가 이런 사람이었나, 아…… 곱씹을수록 웃겼다. 나는 매일 살기 싫다고 얘기하면서도 세 차례의 간염 예방 주사를 꼬박꼬박 맞으러 가는 사람이다. 덮고 있는 이불 커버가 맘에 들지 않으면 한밤중에도 스탠드 불빛 아래에서 혼자 이불 커버를 가는 사람이고, 이불보를 뒤집어쓰고 허우적대다가 동생에게 주먹을 날려 울게 하는 사람이다. 동생의 일기를 보니 동해에서 맞이했던 생일이 정확히 기억났다.

생일 즈음에 주변인 모두가 나에게 게임 정액권을 결제하라고 했다. 아마 울거나 멍하게 있는 것보다 새벽까지 게임하는 모습이 더 활기차 보였기 때문이었겠지. 어쨌든 나는 조언을 받아들여서 한 달 정액권을 결제했다. 그리고 생일인 사실도 잊은 채 내내 게임을 했다. 게임 속의 나는 행성을 구한 마법사다. 그런데 스토리상 꼭 무찔러야 하는 몬스터가 도저히 잡히지 않았다. 행성을 구했는데 이따위 몬스터 하나 잡지 못하다니 말도 안 된다고 중얼대며, 나는 며칠 동안 그 퀘스트에 매달렸다. 밥도 컴퓨터 앞에서 대충 먹거나 아예 끼니를 거르기도 했다. 그래서 동생이 뭘 하고 있는지 관심을 기울일 틈조차 없었다. 동해에 아는 곳도 없고 아는 사람도 없는 동생이 잠시 나갔다 온다고 했을 때도 나는 모니터만 바라보며 '알았다.'라고 했다.

시간이 얼마나 흘렀는지, 동생이 언제 돌아왔는지도

모르는 채로 게임에 열중했을 때였다. 갑자기 현실 세계의 소리가 들렸다. 동생이 크게 "언니!" 하고 소리친 것이다. 나는 "이 몬스터만 잡고."라고 대답했다. 그러자 동생이 울 듯한 목소리로,

"몇 번이나 불렀는지 알아? 제발 나 좀 봐 줘."

라고 했다.

"아, 이것만 잡으면 안 돼?"

짜증을 내며 뒤돌아보니 동생이 케이크를 들고 서 있었다. 불이 붙은 초는 이미 많이 짧아져 있었다.

"빨리 초부터 불어!"

동생의 말에 나는 소원을 빌 생각도 못 하고 초를 불었다. 동생이 마지못해 노래를 부르기 시작했다. 생일 축하합니다, 생일 축하합니다, 사랑하는…… 미안하기도 하고 고맙기도 해서 나는 웃었다. 동생이 눈을 치켜떴다.

"웃음이 나와?"

고개를 돌려 모니터를 보니 내 캐릭터는 벌써 죽어서 영혼 상태가 되어 있었다. 나는 캐릭터를 묘지에 세워 둔 채로 게임을 종료했다. 그리고 동생과 먹을 만한 안주

를 몇 개 만들기 시작했다. 우리는 마주 앉아서 술과 케이크, 안주를 먹기 시작했다. 동생은 제과점을 찾아서 한 시간 동안 언덕을 내려갔더니 '타요 버스 케이크'만 팔더라는 이야기를 해 주었다.

"그렇게 갔다 왔는데……, 초는 녹아 가는데……, 뒤는 돌아보지도 않고……."

"미안해."

"생일이라 봐준다."

이런 이야기를 했고, 나는 오랜만에 울지 않고 생일을 보냈던 것 같다.

그날의 기억이 떠오르자 괜히 찡해져서 나는 동생을 안아 주어야겠다고 생각했다. 컴퓨터 앞에 앉아 있는 동생에게 가려고 일어나다가 더러운 베개 커버가 보였고……. 나는 베개 커버를 갈았다. 동생이 어이없다는 듯 말했다.

"한참 웃다가 갑자기 베개 커버 가는 건 또 뭐야?"

"그러게, 난 뭘까?"

동생이 혀를 차며 방을 나갔고, 나는 이번 생일에는 어디에서 울어 볼까, 잠시 고민했다.

동해에서의 첫 친구

등단 후 나의 로망 중 하나는, 인터뷰할 기회가 생기면 "친구가 많습니다."라고 얘기하는 것이었다. 실제로 그때는 친구를 많이 만나기도 했다. 이십 대 중반이었고, 매일같이 사람들을 만났다. 친구와 같이 살기도 했다. 약십 년이 흐른 지금, 같이 살던 친구와는 연을 끊었고, 극소수의 친구들하고만 만나고, 인터뷰는 들어오지 않는다…….

돌이켜 보면 어떻게 그렇게 많은 사람을 만나고 다녔는지 모를 일이다. 한번은 술집이 닫을 때까지 술을 마시다가 술집 직원들의 회식 자리에 합석한 적도 있었다. 그

중 한 명과 연락처를 교환한 뒤 서로의 고양이 사진을 주고받는 관계가 되었다. 카페 겸 술집에서 아르바이트를 할 때는 근무일이 아닌데도 단골손님들과 만나서 놀았다. 단골손님들은 내 친구들과도 친해졌고, 때때로 나 없이 내 친구들이랑 만나곤 했다. 나는 내가 소개시켜 준 사람들끼리 친해지는 걸 좋아했다. 친구의 친구, 애인의 친구, 친구 애인의 친구, 그냥 친구……. 나는 정말 많은 사람들을 만났고, 그 일에 무척 많은 에너지를 쏟았다.

요즘은 에너지가 부족해서인지, 우선순위가 바뀌어서인지, 새로운 사람을 만나는 일이 예전만큼 즐겁지 않다. 새로운 사람을 만날 일도 줄어들었다. 술집이 문을 닫을 때까지 술을 마실 수 없는 체력이 되었음은 물론, 아르바이트를 하면 단골손님과 친구가 되기는커녕 이젠 손님 응대조차 힘들다.

나는 당분간 내 인생에서 친구가 늘어나는 일은 없으리라고 생각했다. 더군다나 연고도 없는 동해에서 누군가와 새로이 관계를 맺기는 힘들어 보였다. 새로운 관계에 대한 관심이 현저히 떨어지기도 했고.

그렇게 동생과 둘만 지내던 차에 나의 현자 권민경(다시 등장!) 부부가 놀러 온다고 했다. 그러면서 내게 누구를 좀 데려가도 되겠느냐고 물었다. 누구냐고 물었더니 트루베르 멤버들이라고 했다.

트루베르. 그들은 뭐랄까, 나에게 있어서 연예인 같은 존재였다. 시를 노래로 만드는 그들을, 문학 관련 행사에서 종종 마주치곤 했다. 나는 그런 행사에 준비 위원이나 당일 아르바이트로 참여했고, 트루베르는 무대에서 노래를 했다. 트루베르가 노래할 시간이 되면 나는 다른 일을 하다가도 무대 아래로 달려가서 공연을 봤다. 노래를 잘하는 사람에게 끌리는 나는, 특히 보컬 나디아를 동경했다. 동경했지만 그것은 동경으로 남았고, 우리는 그저 지나가다가 몇 차례 인사를 나눴을 뿐이었다. 그 나디아가 우리 집에 온다고? 나는 민경 언니에게 재차 물었다.

"나디아 님이 우리 집에 오신다고?"

"응. 괜찮아?"

"나는 괜찮지. 괜찮은 게 아니라 정말 좋지. 근데 우리 집 너무 누추해서……"

"뭔 소리야?"

"이곳에 나디아 님을 모셔도 될까……"

"……나디아한테 네가 와도 괜찮다고 했다고 전할게"

그 뒤로 나는 민경 언니네가 올 때까지 집을 쓸고 닦았
나. 러그라도 좀 사서 깔아야 하지 않을까, 아니면 저 오
래된 장식장이라도 내다 버려야 할까, 매일같이 그런 얘
기를 하니 동생이 제발 그만 좀 하라고 했다. 가구의 배
치를 바꿔 보고 현관에 이런저런 장식도 해 보았지만 그
럴수록 다 맘에 들지 않았다. 결국 약속의 시간은 다가왔
고, 민경 언니가 동해에 진입했다는 메시지를 보냈다. 메
시지를 받은 나는 급하게 가구를 원래의 위치로 돌려놓
고, 현관 장식도 싹 다 버렸다. 땀을 줄줄 흘리며 나는 트
루베르와 민경 언니네 부부를 맞았다.

어색함을 줄이기 위해 우리는 바다에 나가서 낮술을
마셨다. 바람은 찼고, 망토를 챙겨 간 나는 민경 언니에
게 그걸 씌워 주었다. 우리는 어색하게 사진도 찍었다.
거센 바람을 얼굴로 받아서 다들 표정이 굳어 있었다. 서
로의 그런 모습을 보면서 여전히 어색하게 웃었고, 나는

나디아에게 대화를 시도했다.

"나디아 님. 실례가 안 된다면 나이를 여쭤봐도 될까요?"

나디아 역시 어색하게 대답했다.

"실례 아니에요. 저는 빠른 88년생!"

"와. 우리 친구예요. 저는 87년생이에요!"

우리는 동시에 수줍게 말했다.

"그럼 우리 말 놓을까……요?"

실로 오랜만에 경험하는 첫 만남, 그리고 친구 사귀기였다. 나는 나디아에게 어쩌다 동해까지 올 생각을 했는지 물었다. 그러자 나디아는 사실 강원도에서 사는 것이 자신의 오랜 로망이라고 대답했다.

"마침 네가 동해에서 산다고 전해 들은 거지. 나도 강원도에서 살고 싶은데 여러 가지에 묶여 있으니까……. 어쨌든 부러웠어. 이렇게 올 수 있다는 거"

우리는 강원도의 장점을 얘기하며 묵호항까지 걸었다. 저녁으로는 묵호항에서 뜬 회와 소주를 마셨다. 다음 날 민경 언니네 부부가 떠나고, 트루베르는 하루 더 묵었다. 그날은 아침부터 비가 내렸는데, 해무가 우리 집 바로 아래까지 밀려오는 것이 보였다. 우리는 베란다에서 나란히 그 광경을 구경했다. 나디아는 자신에게도 여동생 두 명이 있으며, 우리 자매와 자신의 자매들이 함께 만나면 너무 좋을 것 같다고 했다. 우리는 조만간에 꼭 '자매 모임'을 하자고 말했다. 꼭 그러자고, 헤어지기 전에 우리는 한 번 더 이야기를 했다. 그런 대화를 하면서, 나는 친구들을 생각했다. 각자의 생활에 치여서 언제 한번 보자고 말만 하고 사라지는 수많은 약속들. 나이를 먹어 가면서 그런 약속이 점점 많아지는 것 같았다. 그래서 나는 약속은 언제고 깨어질 수 있다고, 특히 새로 만난 친구들과는 더 그런 법이라고, 속으로 생각했다. 그래야 덜 섭섭할 테니까.

그런데 놀랍게도 일주일 뒤 우리는 정말로 '자매 모임'을 했다. 그러고 얼마 뒤에는 나디아의 남편도 우리 집에 놀러 왔다. 나는 남편분과 함께 밤새 게임과 음악 이야기를 했다. 또 얼마 뒤에는 함께 야시장에 놀러 갔고, 강릉 커피 축제도 갔다. 그런데 더 놀라운 사건이 생겼다.

나디아 부부가 강원도로 이사를 왔다!

동해 생활을 하며 나는 이 부부에게 정말 많이 의지했다. 자주 만나지는 못해도 같은 지역에 있다는 사실만으로도 언제나 든든했다. 우리는 바다에서 실컷 수영을 했고, 바다 앞 동네 서점들을 쏘다녔고, 맛있는 것도 실컷 먹었다. 우리는 유튜브도 시작했다.

종종 잊고 살곤 한다. 앞으로도 내 인생에 수많은 '첫'이 남아 있다는 사실을. 그리고 내가 누군가의 '첫'이 될 수 있음도. 그 뒤로 나는 동해에서 많은 친구들을 만났다. 몇몇의 친구들과는 정해진 수순처럼 연락이 끊겼다. 그래도 더 많은 친구들이 남아 있다.

그래서 말인데, 언젠가 인터뷰를 하게 된다면 "저는 친구가 많답니다!"라고 말해도 되지 않을까?

장미색 비강진

−상영과의 2박 3일

　기다리던 여름이 왔다. 나와 동생은 눈을 뜨면 매일같이 바다로 나갔다. 꼭 바다에 들어가지 않더라도 일단 가서 해변에 누워 있기라도 했다. 누워서 하늘을 바라보면 비문증(飛蚊症) 때문에 무언가가 부유하고 있는 듯한 잔상이 보였다. 나는 눈을 굴리며, 그것마저도 행복해했다. 스노클링을 하기도 했다. 수영은 망상 해수욕장에서, 스노클링은 어달 해수욕장에서 주로 했다. 어달 해수욕장에는 바위와 물고기가 많았고, 따라서 볼 것도 많았다. 내가 이런 이상한 생물들과 함께 살고 있다니. 역시 나눠 쓰는 지구로군. 그러고 보면 콘크리트를 만들 때 바닷모래를 쓰기도 한다던데. 우리는 항상 바다와 함께 살고 있지만, 그 사실을 모르는 것이 아닌가?

그런 생각을 하면서, 정말 쓸데없는 생각들을 하면서, 하루하루를 흘려보냈다. 튜브를 끼고 바다로 향하는 길은 더욱 무더워지고 있었다. 그렇게 매일 바다에 가면서 내가 간과한 것이 있었다. 내 피부의 연약함. 나는 잘 붉어지고, 핏줄이 다 비치는 얇은 피부를 타고났다. 일명 '존나세' 피부. 존나세는 2003년 인터넷을 뜨겁게 달궜던 인터넷 소설『내 남자 친구는 아이큐 600』의 주인공으로, 190센티미터의 키와 40킬로그램도 나가지 않는 몸무게, 핏줄이 다 비치는 피부(아마도 맑고 투명한 피부를 표현하려던 것으로 보인다.) 같은 외모적 특징을 가지고 있다. 그 소설에 나오는 존나세의 피부 묘사가 마치 나의 얇디얇은 피부와 닮았다 하여 친구들이 붙여 준 별명이다.

어쨌든.

그런 피부로 매일같이 바다에 나갔더니 결국 병을 얻었다. 피부과에 갔더니 노래를 크게 부르던 의사가 진료를 봐 주었다. 의사는 대기실까지 다 들리던 그의 노래만큼이나 경쾌하게 내 병명을 메모지에 휘갈겨 써 주었다. 병의 이름은 장미색 비강진. 원인 불명. 놔두면 자연 치유됨. 내가 가진 대부분의 병들(신경성 위염, 신경성 두통, 그 외 나수의 신경성 무엇)과 같은 느낌이었다. 의사는 나에게 자외선 치료를 권했고, 나는 그의 권유에 따랐다. 어두운 방에 들어가서 옷을 벗고 서자 빛이 나왔고, 나는 그 빛을 쐰 뒤 귀가했다. 그리고 밤이 되자 자외선을 쐰 부분이 타는 듯 화끈거렸다. 화끈거리는 부분은 점점 빨개졌고, 화끈거림은 쓰라림으로 변했다. 나는 밤새 그 어디에도 몸이 닿지 않도록 앉아 있어야만 했다. 동생은 옆에서 새벽까지 계속 부채질해 주었다. 정말 긴 밤이었다.

제대로 자지도 못하고 아침을 맞았을 때, 박상영으로부터 메시지가 와 있었다.

"누나, 나 동해 가도 돼?"

온다 온다 하기만 하고 절대 안 올 거 같더니, 정말 놀라운 타이밍이었다. 상영은 언제나처럼 터미널까지 데리러 오라고 난리였다. 나는 화장대 앞에서 화상 입은 피부 사진을 찍어 보냈다. 상영은, 아프겠다, 라면서 자신의 도착 시간을 알려 왔다. 많이 아프면 택시 타고 간다는 〈마음에도 없는〉 말도 덧붙였다.

다음 날 피부 화상은 좀 나았고, 나은 김에 이래저래 집을 치우고 있으려니 저녁이 되었고, 상영은 터미널에 도착했다고 전화를 걸어 왔다. 우리 계획은 이랬다. 저녁으로 맛있는 안주와 술을 마신 뒤 노래방에 간다. 다음 날 〈숙취가 없다면〉 아침 일찍 일어나 해변에 가서 하루 종일 해수욕을 한다. 저녁에 다시 술을 마신다. 〈역시 숙취가 없다면〉 일찍 일어나 상영을 터미널로 바래다준다.

나는 일단 터미널로 향했다. 오랜만에 만난 상영은 언제나 그렇듯 가벼운 옷차림이었다. 짐은 배낭 하나가 전부였다. 상영은 나를 보자마자,

"아픈데 오라고 해서 미안해. 근데 우리 뭐 먹어?"

라며, 앞 문장은 기계적으로, 끝 문장에는 진심을 담아 말했다. 나는 꼬막무침이 맛있는 집이 있다고 말했고, 상영은 입맛을 다셨다. 동해 유일의 번화가에서 꼬막에 소주를 시켜 놓고 서울 사람과 앉아 있자니, 왠지 동네를

소개해야 할 것 같은 기분이라 나는 말을 많이 했다.

"저기는 내가 2차로 자주 가는 술집, 저기는 내가 자주 가는 노래방, 저기는 내가 자주 가는 새벽 술집……"

상영은 소주를 벌컥 마시더니,

"이쯤 되면 동해 생활이 아니라 유흥 생활인데?"

라고 답했고 나는 말없이 꼬막을 발라 먹었다. 꼬막을 발라 먹다가, 우리는 예전에 함께 동해에 왔던 일을 이야기했다.

*

때는 2016년. 상영의 등단이 번번이 좌절되는 동안, 서울에서의 내 사정도 변변하지 못했다. 알바며 과외며 종일 돈을 벌러 다니다가 소설은 마감 직전에야 간신히 써 내려가는 신세였다. 정말이지 문학이라는 게 우리를 좀먹고 있는 것 같았고, 계속 이러다가는 신세 역전의 기회란 영원히 오지 않을 것 같았다. 그래서,

우리는 드라마에 도전했다.

무슨무슨 진흥원에서 열린 웹드라마 공모전에 응모했는데, 실연당한 여자와 게이 친구가 동거를 시작하면서 빚어지는 이야기로, 말하자면 「윌 앤 그레이스(Will & Grace)」 같은 느낌이었다. 우리는 매 에피소드 마지막에 셀프 인테리어 팁을 설명해 주는 장면을 넣자며, 그러면 가구업체의 협찬을 받을 수도 있으리라는, 큰 포부를 기획안에 드러냈다. 결과는 1차 합격. '홍 자매'처럼 '송 박 남매'가 되어 유튜브 조회 수 1백만을 찍자는 꿈은 잠시였고, 몇 번의 미팅을 거친 뒤 우리는 갑자기 열 편짜리 시나리오를 제출해야 하는 상황과 마주하게 되었다. 설거지조차 한 번에 하기 힘들어서 여러 번 나눠 하는 내게, 신세 역전의 기회는 너무나 버거웠다. 상영 또한 코앞으로 닥친 공모전에 낼 소설을 고치느라 바빴다. 사람이 바글거리는 신촌 스타벅스에 앉아 우리는 향후 계획을 논의했고, 바닷가에 가서 이틀간 합숙을 하자는 것(?)으로 회의를 끝냈다.

각자 신변을 대충 정리하고 우리는 동해로 향했다. 내가 운전하는 동안 상영은 조수석에 앉아 온갖 디바들의

노래와 1990년대 가요를 틀어 대며 졸음운전 예방에 일
조했다. 동해에 도착한 우리는 드라마며 시나리오는 모
조리 잊고 묵호항에서 광어와 우럭을 사서 회를 떴다. 편
의점에서 소주 한 병과 간장, 와사비도 샀다. 파도가 멀
리 보이는 해수욕장 초입 벤치에 앉아 일회용 도시락팩
에 담긴 회와 소주를 까고 종이컵 안에 간장과 와사비를
잘 풀어내자, 등 뒤로 해가 저물기 시작했다. 바다는 아
직 파랬다. 숙소까지 운전을 해야 했으므로 소주는 상영
만 마실 수 있었고, 그 때문에 조금 짜증이 난 나는 회를
집어 먹으며 말했다.

　"근데 난 우럭이랑 광어 차이를 모르겠어."

　"우럭은 쫄깃하고 광어는 좀 더 투명해."

　"흠."

　「우럭 한 점, 우주의 맛」의 명대사를 육성으로 들었다
는 사실을 그때는 몰랐다. 상영은 슬리퍼로 모래를 툭툭
찼고, 나는 소주잔에 물을 따라 마셨다. 종이로 된 소주
잔은 곧 말랑해졌고, 파도 소리는 계속 들려왔다. 망상
해수욕장은 비수기 풍경처럼 한산했다. 우리는 한 가족

이 풀밭을 가로질러 바다로 향하는 모습을 보았다. 그 모든 풍경을 뒤로하고 숙소에 가서야 나는 드디어 소주를 마실 수 있었다. 회를 너무 많이 떴는지 먹어도 먹어도 줄지 않았다. 우리는 다음 날도 드라마며 시나리오는 모두 잊고, 해변으로 나가 파라솔을 닮은 색색의 우산을 모래사장에 꽂고 선탠을 하며 와인을 마셨다. 그리고 숙취에 시달리며 깨어난 마지막 날, 써야 할 분량만큼이나 많이 남은 회는 처치 곤란이라는 점에서 시나리오와 닮아 있었다. 우리는 고민하다가 남은 회를 모두 넣고 매운탕을 끓여 먹었다.

사실 서울에서 써도 될 시나리오를 굳이 동해에서 합숙까지 해 가며 쓰겠다는 데에 깔린 심리적 요인(진탕 놀자!)으로 우리는 몇 줄 쓰지 못한 채 다시 서울로 올라왔고, 제작 논의에 들어가면서 몇 차례의 미팅을 또 거쳤다. 그리고 마침 미팅에 가는 날 오후, 상영에게서 전화가 왔다. 상영의 소설이 당선되었다는 소식이었다.

*

"그때 생각하면 요즘은 좀 살기 괜찮지 않아?"

내가 말했고, 상영도 고개를 끄덕였다. 나아졌다, 라는 말에 뭔가 흥이 차올랐고 우리는 그 기세를 몰아 노래방으로 향했다. 상영은 노래방에 가면 꼭 한 번쯤은 부르는 「희나리」를 구성지게 불렀고, 약간 취한 나는 그 광경을 동영상으로 찍어 댔다. 나의 선곡은 빌리 아일리시(Billie Eilish). 상영은 내 선곡을 맘껏 비웃었다.

"노래방에서 이 노래 부르는 사람 처음 봐!"

그러거나 말거나 나는 목청을 한껏 쥐어짜며 노래했다. 발라드로 시작해서 1990년대 댄스곡으로 가기까지는 얼마 걸리지 않았다. 게다가 서비스는 한없이 들어왔고. 노래방을 나설 무렵에는 온몸이 쑤실 지경이었다. 이대로 오늘 일정은 마무리인가 했는데, 마침 닭꼬치집이 보였다. 닭꼬치를 봤는데 맥주가 땡기는 것은 왜일까. 우리는 간단하게 맥주나 한잔하러 들어갔다가 여러 종류의 술과 꼬치를 시켜 먹으며 새벽을 맞았다.

다음 날 나는 상영의 전화에 깨어났다. 휴대폰을 열어 보니 '언제 일어날 거냐?'라는 메시지가 여러 개 도착해 있었다. 나는 속옷 대신 수영복을 입고 상영을 데리러 갔다. 해변에 도착한 우리는 서로에게 선크림을 발라 주었다. 상영은 내 피부병을 확인하더니, 자신도 이런 비슷한 병에 걸린 적 있다고 했다. 그래도 바다에서 계속 놀았더니 알아서 나았노라고. 이런 원인 불명의 병은 결국 스트레스 때문이라고도 덧붙였다.

파도가 높아서 바다에는 사람이 별로 없었다. 몇몇 외국인 무리가 높은 파도 아래로 쑥 들어가는 모습이 보였다. 우리는 정면으로 오는 파도를 정면으로 맞고 정신을 차리지 못하다가 그들을 따라 하기 시작했다. 파도의 밑은 생각보다 잠잠했다. 파도 밑으로 들어갔다 나오면 또 파도가 쳤고, 그럼 또 밑으로 들어가고, 우리는 계속 그걸 반복했다. 반복할 뿐인데도 재밌었다. 헬스장에 가면 반복하는 동작이 그렇게도 지겹고 싫은데, 왜 물속에서 하면 모든 것이 재밌을까?

한참을 파도 밑으로 들어가길 되풀이하며 놀다가 우리는 물 밖으로 나와서 햄버거를 사 먹었다. 망상 해수욕장에는 롯데리아가 있다. '라이스버거'가 사라진 이후로 평소 롯데리아를 찾는 편이 아닌데도, 이상하게 해수욕을 하고 나서 롯데리아 햄버거를 먹으면 그렇게 맛있다. 물론 해변에 있는 햄버거 가게가 롯데리아 하나뿐이기도 하다……. 햄버거를 먹고 좀 앉아 있으니 해수욕장 폐장 시간이 되었다. 우리는 가지 않고 그대로 앉아서 우리 등 뒤로 지는 노을을 보았다. 그리고 불현듯이,

"오늘 저녁엔 뭘 먹지?"

라고 동시에 말했다. 햄버거를 먹으며 저녁 메뉴를 고민하는, 정말이지 미래 지향적인 작가들이었다.

우리는 대충 씻고 시내로 나가서 안주만 다를 뿐 어제와 같은 코스로 술을 마시고 또 진탕 놀았다. 하루 종일 물놀이를 해서 몸은 나른했고, 피부는 뜨거웠다. 술이 들어가자마자 손끝까지 알코올이 퍼지는 게 느껴졌다. 그 때문에 이르게 취했고 우리는 일찍 헤어졌다. 상영의 숙

소 앞에서 나는 서울로 가는 차편의 시간을 물어보았다. 시간은 넉넉했고, 나는 내일 터미널까지 데려다주겠노라고 약속했다.

침대에 누웠더니 파도에 휩쓸리는 기분이 들었다. 마치 온종일 놀이공원에서 놀다가 집에 돌아와 잠들 때의 기분과 흡사했다. 하루 내내 데워진 몸과 종일 파도에 휩쓸린 뒤의 나른함 그리고 술기운 덕에 그날은 잘 잤다. 너무 잘 자서 아침에 일어날 때는 약간 새로운 몸을 얻은 것 같은 기분이었다. 무엇이라도 할 수 있을 것 같은 아침! 나는 상영에게 연락했다. 상영은 혼자 해수욕장에 가서 수영을 하고 있다고 말했다. 역시 내가 아무리 새 몸을 얻더라도 그게 결국 내 몸인 이상, 박상영의 에너지를 따라갈 수는 없다. 나는 해수욕장으로 향했다. 과연 상영은 혼자서도 잘 놀고 있었다. 나는 해변에 앉아 그 광경을 바라보았다. 작은 해수욕장이라 그런지, 해수욕이 가능한 시간인데도 인적이 드물었다. 한낮의 해변에 앉아서 몇몇 사람들이 걷는 모습과 몇몇 사람들이 물속으로 사라졌다가 나타나는 모습을 바라보았다. 그걸 멍

하게 보고 있자니,

언제 또 이런 풍경을 매일 보면서 살 수 있을까, 하는 생각이 들었다. 어깨가 약간 가벼워진 기분이었고. 혹시나 하고 피부염이 일어난 곳을 보니, 아무런 흔적도 없었다. 화상을 입었던 레이저 치료의 효과일지도 몰랐으나, 그냥 이 순간의 기분 덕이라고 생각하기로 했다. 저 멀리에서 상영이 해변을 따라 천천히 걸어오는 모습이 보였다.

*

에필로그

그날 나는 박상영을 터미널까지 데려다주었고, 오는 길에 자동차 타이어가 터졌다. 덜그럭거리는 차를 끌고 카센터에 가자 아저씨는,

"이거 고속 도로에서 터졌으면 당신 죽었어. 네 개 다 갈아야겠네."

라고 말했고 나는 그에게 꼭 물어야 할 것이 있었다.

"얼마죠……?"

그렇게 예상에도 없던 50만 원의 지출을 한 뒤 저녁에 동생과 울면서 술을 퍼먹었고, 장미색 비강진이 나은 날 나는 다시 만성 위염의 길로 들어섰다.

고난의 시작 1

해수욕장이 폐장했다. 해수욕장에 누워 직장인 친구들에게 인증샷을 날리던 호시절은 지나가 버렸다. 모두들 성실한 일상을 살고 있는데 나만 뒤처진 것 같은 기분이 들었다. 이런 기분을 피해 동해까지 온 거였는데, 이러면 안 되는데, 하는 생각과 함께 실업 급여 지급도 끝났다. 숨만 쉬어도 돈이 나간다는 사실을 매일 눈뜸과 동시에 깨달으며, 나는 고양이와 함께 무말랭이처럼 집에서 버쩍버쩍 말라 갔다.

실업 급여가 끝난 기간은 같았지만 동생의 상황은 좀 달랐다. 동생은…… 연애를 하고 있었다……! 다른 지역에 살던 동생의 애인은 동생과 사귀기로 한 뒤 동해에 위치한 단기 숙소를 알아보았다. 그리고 시내 근처에 두 달간 방을 얻어 매일같이 동생과 데이트를 즐기며 여름을 보내고 있었다. 아직 대학생인 동생의 애인은 데이트 비용을 마련하기 위해 여러 일을 했다. 처음에는 짧게 연어 관련 행사 지원 아르바이트를 했는데, 사람이 너무 없어서 조기 폐장되는 바람에 백수 신세였다. 왜 이 집에는 항상 백수 셋이 모이는지, 셋은 정말로 완전한 숫자였던가, 라는 의문도 잠시, 그는 연어 행사장에서 알게 된 형의 소개로 조개잡이배를 타기 시작했다. 별이 뜰 때 일을 나가 점심때쯤 돌아오는 그의 몰골은 그야말로 이십 년은 늙어 보였다. 그러고 나면 끼니때였기에 점심을 차려 먹었고, 할 일이 없으면 해변에 나가 이른 낮술을 마시며 보냈다. 그렇게 방탕하게 지내다 보니 돈이 양수에서 음수로 진화했다. 그것은 카드 빚이라는 냉혹한 세계였다. 나는 늘 그렇듯이 한 가지 방법을 택할 수밖에 없었다. 알바몬과 알바천국을 켜는 것이었다.

나의 유구한 알바의 역사는 중학생 때 처음 시작되었다. 그 나이 때에는 할 수 있는 일이 별로 없었고, 그래서 돈이 필요한 아이들은 대부분 전단지 붙이는 일을 했다. 나는 친구와 복식조로 움직였는데, 한 사람이 엘리베이터를 잡고 있는 사이 다른 한 명이 전단을 붙이고 오는 것이 제일 빠른 방식이었기 때문이다. 물론 복도식 아파트는 다르게 움직였다. 중간층을 나누어서 계단을 이용해 집집이 전단지를 붙였다. 그렇게 열심히 일하고 받은 돈은 카세트테이프 하나 살 만큼도 되지 않았다. 그래도 열심히 모으고 모으면……! 하지만 세상은 언제나 절망을 안겨 주었다. 다른 중학교를 다니던 알바생 한 명이 하수구에 전단지를 뭉텅이로 쑤셔 넣어 버리다가 걸리는 바람에 점주가 앞으로는 중학생을 쓰지 않겠다고 선언한 것이다. 그렇게 나는 잠시간 알바의 세계와 멀어질 수 있었다.

고등학교 시절은 살면서 집안 사정이 제일 나았을 때였다. 친구들이 파파이스와 롯데리아에서 일하는 중에 나는 짧게 줄인 교복을 입고 여유롭게 카페를 찾아다녔

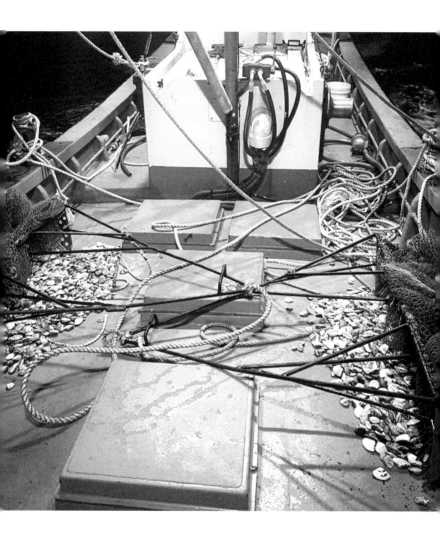

다. 마침 학교 앞에는 홍대까지 한 번에 가는 버스가 있었고, 나는 홍대입구역에서 홍대 놀이터까지 이어진 쇼핑가를 쏘다니며 한 달에 한두 번 옷을 살 수도 있었다. 북새통문고에서 만화책도 원 없이 샀다. 지금 돌이켜 보면 그 얼마나 찬란한 시절이었는지.

그리고 스무 살. 약 삼 년의 호시절을 마치고 가계는 다시 기울었다. 대학 입학과 동시에 나는 막걸릿집에서 일을 시작했다. 당시 과일 소주가 유행하고 있었는데, 사장은 손님이 남기고 간 소주를 재활용해서 과일 소주를 만들었다. 그러면서 매번 내게,

"지현아. 이건 깨끗한 거야. 사람들 다 소주잔에 따라 마시잖아."

라고 자신에게 다짐하듯 말했다. 나는 소주를 재활용해야 한다는 것 때문에 스트레스를 받아서 급기야 만성위통을 앓았고, 매일같이 위를 부여잡으며 출근을 하다가 결국 골뱅이무침이 담긴 접시를 깬 뒤로 사장에게 그만두겠다고 말했다. 사장은 접시를 깬 것쯤은 괜찮다고 했지만, 나는 다음에 친구들과 손님으로 오겠다고 말했

다. 물론 당연히 가지는 않았고, 그 근처를 지날 때마다 친구들에게,

"저기 소주 재활용해."

하고 말한 것이 선부였다.

그 뒤로는 2300원을 받으며 일했던 도서 대여점 오전 아르바이트, 일당이 세고 예쁜 것들을 잔뜩 볼 수 있었던 인테리어 보조 아르바이트, 결국 낙선한 구청장 선거 운동 아르바이트, 주급으로 받던 방송국 사무 보조 아르바이트, 미친 듯이 욕을 들었던 콜센터 아르바이트, 사찰 신도 관리, 헤아릴 수 없을 정도로 많이 한 카페 아르바이트 등이 잇따랐다.

너무 오래되어서 기억나지 않는 아르바이트들도 있지만, 어쨌든 나는 스무 살 이후로 쉬지 않고 아르바이트를 했다. 일을 해야 했던 이유는 돈이 없어서였고, 돈은 계속 없었다. 동해에 오기 직전에도 조교로 일하고 있었다. 그러므로 내가 이렇게 오래 일을 쉬어 본 것은 동해에서 뿐이었다. 그리고 참으로 호시절은 짧다.

나는 동해 지역의 아르바이트를 분석한 뒤 결론을 내

렸다. 아, 이번에는 대형 마트에서 아르바이트를 해야겠구나. 나는 지원서를 쓰기 시작했다.

고난의 시작 2

    동해에는 생각보다 아르바이트 자리가 별로 없었다. 없는 와중에 나이 제한도 걸려서 서빙 알바 같은 것은 시도조차 해 보지 못했다. 서른 넘은 내가 할 수 있는 일이란 단기 아르바이트뿐이었다. 그렇게 이것저것 제한이 걸린 일들을 제하고 나니 남은 것은 마트 판촉 행사와 분양 사무소 쪽이었다. 분양 사무소의 생태는 잘 모르기도 하고, 동해는 아파트가 남아돈다는데 분양 사무소에서 일해도 괜찮을지, 혹시 월급을 떼이지나 않을지 걱정도 되어서 결국 마트에 지원서를 냈다. 사실 지원서랄 것도 없는 게, 문자로 이름, 나이, 경력 유무만 보내면 끝이었다. 경력이 없어서 살짝 걱정하였지만, 초스피드로 면접을 보러 오라는 메시지가 도착했다. 바로 내일 마트 후문으로 오라는 지시를 듣자 약간 숨통이 트였다.

다음 날 지시받은 대로 까만 슬랙스와 흰 셔츠를 입고 마트 후문으로 갔다. 입구를 못 찾아서 근처를 서성였는데 아주머니 한 분이 안내해 주셨다. 마트 창고를 통해 교육장으로 가는 길은 처음 보는 광경이었다. 박스들이 천장까지 쌓여 있었고, 직원들은 그 사이로 카트를 밀며 바쁘게 움직이고 있었다. 나는 그 속에 위치한 작은 방으로 들어가서 대기했다. 한참 기다리자 나보다 어려 보이는 여자아이 둘이 들어왔고, 우리 셋은 인사조차 나누지 않고 어색하게 자리에 앉아 있었다. 그 뒤로는 면접이랄 것도 없었다. 마트에서 제작한 삼십 분짜리 영상을 시청하는 것이 전부였다. 내용을 한마디로 요약하자면, 모두가 예상했듯이 손님에게 친절하자, 였다. 우리에게 영상을 틀어 준 사람은 꽤 직책이 있어 보였는데, 잠깐 쉬는 시간이라고 생각했는지 우리 옆에서 졸았다. 영상이 끝나고 그를 깨우기 위해 우리는 시끄럽게 의자를 옮겨야만 했다. 그는 피로가 가시지 않은 얼굴로 내일부터 당장 출근하면 되며, 열심히 팔아 보자고 기운 없는 파이팅을 건넸다.

✳

　다음 날, 오랜만에 일찍 일어난 나는 마트로 향했다. 늘 장만 보러 갔지, 일을 하러 가기는 처음이었다. 내가 배정된 곳은 양주 코너로, 밸런타인 양주를 파는 것이 나의 업무였다. 양주 코너에는 나를 제외하고도 한 명이 더 있었다. 안산에 거주하다가 남편을 따라 동해까지 내려왔다는 그 언니는 조니워커를 팔았다. 언니는 나보다 사흘 먼저 일을 시작했고, 때문에 여러 가지 정보를 내게 알려 주었다. 격일로 아침 9시마다 양주 창고에 가서 물류 조사를 해야 하며, 혹시라도 비는 물품이 있으면 꼭 직원에게 알려야 한다고. 그 외에 쉬는 시간을 비롯해서 밥을 먹는 시간, 식권을 사는 곳, 식당 위치, 화장실 위치까지도 언니에게 모두 들었다. 언니는 설명을 해 주며 나

를 '밸런 아가씨'라고 불렀고, 나 또한 그를 자연스럽게 '조니 언니'라고 부르게 되었다. 조니 언니를 따라 마트의 후방, 즉 창고를 오가면 기분이 이상해졌다. 소비자의 입장에서 마트는 쾌적한 곳이었다. 신선한 재료들과 가전제품, 생활용품까지 없는 것이 없었고, 나는 딱히 살 물건이 없어도 마트에 올 만큼 마트를 좋아했었다. 그러나 마트의 후방은 달랐다. 상자는 끝없이 들어와서 쌓였고, 좁은 길에서 카트를 미느라 서로 날이 섰으며, 먼지는 항상 자욱했다. 그리고 그 좁은 곳에 식당이며 화장실이며 재료 손질대며 모든 것이 옹기종기 모여 있었다. 구내식당 밥은 3000원이었고, 밥은 내 입장에선 잘 나오는 편이었다. 3000원에 각종 밑반찬과 국을 먹을 수 있다는 건 자취생에게 거의 혁명적인 일이었다. 그러나 함께 일하는 언니들과 이모들은 식당 밥을 싫어했다. 그래서 식사 시간만 기다리는 나를 신기해했다. 자취생이라고 말하자 곧 납득하긴 했지만.

그렇게 {9시간−(쉬는 시간 1시간+식사 시간 30분)}의 노동이 시작되었다. 제일 힘든 점은 서 있는 것도 아니요, 호객 행위도 아니었다. 대화를 나눌 상대가 없다는 게 조금 힘들긴 했다. 주변을 둘러보니 언니와 이모들은 마트 행사 때마다 얼굴을 봐서 익혔는지, 손님이 없을 때는 간혹 수다를 떨기도 하고 나가서 함께 담배를 피우기도 했다. 하지만 그것조차도 내게는 문제가 되지 않았다. 정말 힘든 부분은, 반복되는 음악이었다…….

손님으로 왔을 땐 전혀 알아채지 못했지만, 마트의 선곡 범위는 매우 좁았다. 마트 이름을 따서 지은 노래와 마트 자체 브랜드를 홍보하는 노래……. 그게 전부였다. 퇴근 후에도 그 음악을 떨쳐 낼 수 없었다.

"요리하기 딱 좋은 날. 행복한 식탁에 모두 모여! 아이 저스트 **! 오늘은 **!"

퇴근하고 침대에 누워서 홍보 노래를 흥얼거리는 나를 동생이 측은하게 바라보았음은 물론이다.

*

일주일 동안 매일 여덟 시간 내내 누구와도 대화하지

않고 '마트송'만 들었던 나는 아르바이트가 끝나자 감기에 걸리고 말았다. 이틀 정도 앓아누워 먹지도 마시지도 못하고 있는 와중에 문자가 왔다.

"혹시 오 일간 행사 가능하실까요?"

나는 재빠르게 통장 잔고를 확인한 뒤, 답을 보냈다.

"가능합니다"

동해라고 먹고사는 일이 쉽지만은 않았다. 세상 어디를 가든 내가 편하게 쉴 수 있는 곳은 없겠지. 바야흐로 '대아르바이트의 시대'였다.

고난의 시작 3

    내가 마트에서 단기 알바를 하며 근근이 생활을 이어가고 있을 때, 동생의 상황도 좋진 못했다. 동생 애인이 짧은 동해 생활을 마치고 돌아가게 된 것이다. 동생은 슬퍼할 겨를 없이 바로 일을 구했다. 망상 해수욕장 앞에 위치한 큰 커피숍이었다. 정말 규모가 커서 바리스타도 호봉제라고 했다. 동생은 막내로 들어가서 내내 설거지만 하게 되었는데, 일을 시작한 지 얼마 안 되어 발의 고통을 호소했다. 처음엔 무시할 만한 수준이었는데 지금은 서 있기만 해도 아프다고 그랬고, 어느 날은 흰 양말에 피를 한 바가지 묻히고 귀가하기도 했다. 내성 발톱

탓이었는데 좀 심해 보였다. 나는 휴식 시간에 좀 앉거나 다른 신발을 신을 수 있게 요청해 보라고 했고, 어쩐 일인지 동생은 일을 그만두고 돌아왔다.

"어차피 주방에서 설거지만 하는데 슬리퍼를 못 신게 하더라고."

"그래?"

"원래 요식업은 슬리퍼 신으면 안 된대."

"음. 그렇구먼."

동생의 신발은 피로 물들어 있었다.

*

동생이 새로 개업한 카페 면접을 보러 가겠다며 나를 깨웠다. 교통이 애매하니 데려다 달라는 뜻이었다. 대진 해수욕장 앞에 새로 생긴 2층짜리 카페였다. 내가 차에서 기다리는 동안 동생이 후딱 면접을 보고 오겠다고 했다. 대진 해수욕장은 처음 와 봤기에 나는 해변을 슬슬 걸었다. 그리고 세상에. 처음으로 서퍼들을 보았다.

알고 보니 대진 해수욕장은 막 뜨고 있는 서핑 해변 중 하나였다. 처음 보는 풍경이 신기해서 한참을 앉아 있었다. 파도를 멍하게 보고 있지니 배가 살살 아파 왔다. 화장실이 있을까 싶어서 주변을 둘러보니 가게라고는 동생이 면접을 보는 카페뿐이었다. 1층 창 너머로 동생이 뭔가 열정적으로 자기 어필을 하는지 손을 많이 움직여 가며 이야기하는 모습이 보였다. 하지만 어쩔 수 없었다. 나는 카페 문을 열고 들어가서 다급하게 물었다.

"화장실 어디예요?"

그 순간 동생과 눈이 마주쳤는데, 동생의 일그러진 표정을 잊을 수가 없다.

화장실을 이용한 대가로 동생이 붙을지 말지도 모르는 카페에서 커피를 사 먹었다. 커피를 홀짝이며 차에 앉아서 기다리는데 면접을 마친 동생이 문을 열었다.

"면접 잘 봤어?"

묻자,

"어휴. 창피해 죽겠어, 진짜!"

라면서 문을 쿵 닫았다. 할 말이 없어서,

"너네 가게 커피 맛있다."

했더니,

"아직 붙은 거 아니거든?"

이라는 낯선 대답이 돌아왔다.

*

저녁을 차려 먹을 즈음에 동생에게 내일부터 출근하라는 문자가 왔고 우리는 환호했다. 둘 중 하나라도 고정수입을 갖게 되었다는 사실에 안도가 됐다. 무엇보다 이 카페에서는 카운터 뒤에 의자를 두고 앉을 수 있다고 했다. 나는 동생에게 월급을 받으면 편한 신발부터 사라고 했다.

*

아침부터 비가 내렸다. 나는 좀처럼 깨지 못했고 동생은 택시를 타고 출근했다. 문이 닫히는 소리를 듣고 잠깐

깼다가 다시 잠들었다. 그리고 다시 눈을 떴을 때는 동생이 돌아와서 텔레비전을 보고 있었다. 시간을 보니 아직 오후 1시밖에 안 됐기에 물었다.

"설마 너, 잘렸어……?"

동생이 첫 출근 때 있었던 일을 이야기해 주었다.

일단 아침에 내린 비는 그냥 비가 아니었던 모양이다. 밤새 태풍이 불었고, 가게 앞에 두었던 파라솔이 실종되었다고 한다. 동생은 내가 일어나지 않자 그 와중에 콜택시를 불러서 출근했는데, 출근하고 처음 본 광경은 사장님이 출입문을 붙들고 있는 모습이었다고 한다. 바람이 조금만 세게 불어도 문이 열려서 밤새 비가 들이친 탓에 가게 안은 침수되어 있었다. 부실시공이었다. 카페 매니저는 각종 도구를 동원해서 바닥의 물을 퍼냈고, 자연스레 동생도 함께 물을 닦아 냈다고……. 그러는 와중에 정전이 되어 커피 머신을 사용할 수가 없었고, 매니저가 가스 불을 켜 보더니 동생에게 말했다고 한다.

"오. 가스는 되네. 라면 먹을래요?"

그래서 라면을 먹고, 아무리 기다려도 전기가 들어오지 않자, 사장님이 문도 수리해야 하고, 어차피 할 일도 없으니 이른 퇴근을 하라고 했다며.

동생의 나이내밐한 첫 출근 이야기를 들으며, 나는 뭐 그런 카페가 다 있느냐고 깔깔 웃었다. 깔깔 웃는 나에게 동생은 속삭였다.

"사장님, 우리 아빠랑 동갑이야. 근데…… 국회 의원이셨대……"

국회 의원에 대해 어떤 이미지(약간은 부정적인?)를 가지고 있었으므로, 나는 좀 놀랐다. 앞으로 괜찮을까 걱정도 되고 해서 당분간 출퇴근을 시켜 주겠다고 약속했다.

*

아침에 동생과 함께 카페로 출근하고, 그러다 보니 자연스레 커피도 한 잔씩 얻어먹게 되고, 아예 노트북을 들고 가서 카운터 근처에 앉아 작업도 하게 되고, 사장님이 해 주시는 저녁까지 대접받으며 생활하다 보니, 우리는 금세 카페에 정이 들었다. 무엇보다 사장님도 처음 해 보는 장사라 모든 업무를 직원들에게 일임했다. 몇 차례 직원이 나가고 들어오는 사이에 어쩐지 나는 그곳의 월요일과 화요일 풀타임 아르바이트생이 되어 있었다.

돌이켜 보면 동해에서 우리 자매의 주 수입은 대진 해수욕장 앞에 있던 이 카페에서 나왔다. 동해에서 만난 친구들은 우리를 보려고 카페로 왔다. 카페 주변에 서핑숍이 있어서, 태어나 처음으로 서핑을 해 보기도 했다. 무엇보다 한 시절을 정말 풍족하게 먹으면서 지냈다. 동생도 나도 동해에서 지내는 동안 태어나 처음 보는 몸무게 앞자리 수를 가지게 되었지만, 어쨌든.

동해를 떠난 지금도 이 카페에 앉아서 손님을 기다리던 낮을 생각한다. 카페는 바다 전망인데도 불구하고 지독히도 손님이 오지 않았는데, 덕분에 나는 아르바이트를 하면서 글을 쓸 수 있었다. 노트북을 꺼내 놓고 뭔가를 쓰고 있으면 몇 안 되는 단골손님들이 묻곤 했다.

"무슨 일을 해요?"

"보시다시피 카페 아르바이트요!"

"아니, 맨날 노트북으로 뭐 하던데?"

"그냥 메신저 하는 거예요."

이곳에서 그동안 쓴 소설들을 수정했고, 첫 책을 냈다. 그래서인지 어떤 때는 바다보다도 이 카페가 더 그립다. 카페는 우리 자매가 공유할 수 있는 담벼락 중 하나로 남아서, 우리는 아직도 이 카페에서의 나날들을 이야기하며 자주 웃는다.

외로워도 슬퍼도

동해에 살면서도 삼 주에 한 번은 본가에 가야 했다. 병원에서 약을 삼 주 치밖에 처방해 주지 않았기 때문이다. 삼 주라는 시간도 동해에 산다는 이유로 의사 선생님이 많이 배려해 준 것이었다. 어쨌든 삼 주에 한 번 본가에 가는 동안 동생은 며칠을 혼자 있어야 했다. 동생은 혼자 있는 걸 힘들어하는 성격이라 내가 본가로 떠나는 짐을 쌀 때면 날 버리다니, 이번엔 며칠이나 가 있을 거야, 등등 쫑알대더니, 어느 날 내게 선언했다.

"언니가 없는 동안 운전면허를 따러 다녀야겠어"

나는 좋은 생각이라고 했다. 동해 시내는 대중교통 시

스템이 별로인 데다 집 앞 버스 배차 간격도 한 시간이 넘어서 동생은 택시에 돈을 쏟아붓고 있었던 것이다. 게다가 운전 학원에서 집 앞까지 서틀버스를 운행한다고 히니, 나는 안심하고 본가로 떠날 수 있었다.

무사히 약을 타서 동해로 돌아온 날, 동생은 날 본체만체하고 휴대폰만 들여다보고 있었다. 섭섭해하면서 짐을 정리하는데 동생이 고개도 돌리지 않고 말했다.

"언니, 오픈 채팅이라고 알아?"

동생이 말을 걸어 줘서 고마운 마음에 짐도 정리하다 말고 옆에 앉아 버렸다. 동생이 오픈 채팅을 하게 된 이유는 이랬다.

아침에 일어나서 셔틀버스를 타고 운전 학원으로 간다. 운전 연습을 하고 집에 돌아온다. 집에 아무도 없다. 저녁까지 텔레비전과 유튜브를 보다가 잠든다. 다시 아침에 일어나서 셔틀버스를 타고 운전 학원으로 간다. 서울에 간 나는 연락을 제때 받지 않았으며, 이 동네에는 맥주 한잔할 친구도 없는 데다, 바다 외에 다른 무언가를 보려면 택시를 타고 나가야만 한다……. 결국 외로움에 사무친 동생은 셔틀버스 기사 아저씨에게 묻게 된 것이다.

"아저씨. 동해 사람들은 서로 어떻게 만나요?"

"우리 또래는 네이버 밴드에서 만나는데. 젊은 사람들은 모르겠네."

그 순간 버스에 같이 타고 있던 남자가 동생에게 계시를 내려 주었다고 한다.

"여기 젊은 사람들은 오픈 채팅으로 만나요. 연령대별로, 취미별로 방들이 있어요."

오! 동해의 젊은이들이여! 동생은 그날로 오픈 채팅을 시작하게 되었다. 하지만 혼자 낯선 사람들을 만나기는 무서워서 정모에는 나가지 않았다고 했다. 듣다 보니 나도 동네 친구를 사귀고 싶다는 생각이 들었고, 동생 옆에 앉아서 휴대폰을 꺼내 들었다. 그렇게 우리는 한참 동안 동해 지역 오픈 채팅방을 물색했다. 몇몇 곳은 대화가 별로였고, 몇몇 곳은 너무 맛집 공유에만 치중되어 있었다. 그러다 여성이 방장인 오픈 채팅방을 발견했고, 들어가 보니 대화 분위기가 일상적이라 지켜보기로 했다. 방장은 우리에게 오늘 저녁에 정모가 있으니 시간이 되면 나오라고 했다.

✼

첫인상……. 첫인상이 중요하다. 맨날 박스티에 고무줄 반바지만 입고 살던 우리는 옷장을 뒤지기 시작했다. 그러나 매일 바다나 가고 집에만 누워 있었으므로 옷다운 옷은 없었다. 결국 우리는 늘 입던 박스티에 고무줄 반바지를 입되, 슬리퍼 대신 운동화를 신는 것으로 타협을 봤다. 정모 장소는 동해 번화가의 투썸플레이스 2층. 긴장되는 마음으로 우리는 투썸플레이스 2층에 도착했고, 열 명 넘는 사람들의 시선을 받으며 자리에 앉았다. 이 중에 친해질 만한 사람이 있을까 생각하면서 두리번대는데, 방장이 말했다.

"저희 되게 착한 방이에요. 정모는 항상 커피숍에서 하고 술도 안 마셔요."

동생과 나는 경악하여 동시에 외쳤다.

외로워도 슬퍼도

"술을 안 마신다고요?"

알고 보니 방장은 독실한 기독교인으로 술은 입에도 대지 않는다고 했다. 그때의 실망감이란. 술 마시면 착하지 않은 건가, 생각하며 나는 작게 말했다.

"저…… 저는 술을 좋아해요……"

동생이 저도요, 라며 동의했다. 그러자 여기저기서 조용히 "저도 술을……"이라며 고백해 왔다. 그래서 그날 모임은 커피숍에서 마무리되지 않고 세계 맥줏집으로 자리를 옮겨 계속되었다. 몇몇은 먼저 돌아가고, 몇몇은 남아 있고, 몇몇은 술을 마시고, 몇몇은 마시지 못하는데도 앉아 있고.

모임도 그런 식이었다. 사람이 많이 모이다 보니 다양한 취향이 존재했고, 사람들은 취향의 교집합을 찾아 헤맸다. 사람을 사귀는 취향도 모두 달랐다. 몇몇은 새로운 방을 찾아 떠났고, 아예 스스로 새로운 방을 만든 사람도 있었다. 동네 친구를 사귀는 일은 생각보다 어려운 일이었다. 같은 동네에 산다는 이유만으로 친해질 거였으면 학창 시절에 일 년 내내 같은 반이었던 친구들과는 왜 모두 친하게 지내지 못했는가. 어쩌면 친구를 사귀겠다는 마음을 먹는 것 자체로 사람은 외로워지는 것이 아닐까. 결국 나는 오픈 채팅을 시작하기 전보다 더 외로워져서 모임에 몇 번 나가다가 말았다.

반면에 동생은 사람들과 잘 지냈다. 사람들은 모두 동생을 좋아했고, 동생에게 유튜브 채널을 개설하라고 난리였다. 동생이 나 이외의 사람들을 만나러 다니자 나는 더욱 외로워졌다. 사람들과 못 어울리는 것이 나의 문제인 듯했다. 동생은 면허를 따는 일도 성공했다. 동생은 집을 자주 비웠고 집에서도 계속 휴대폰을 붙잡고 있었다. 나는 동해에서 둘이 쌓은 시간들이 모두 사라지는 것 같은 두려움에 사로잡혔다.

*

삼 주 만에 다시 서울에 올라와서 병원을 찾았다. 선생님에게 이런 이야기를 했더니,

"언제까지고 둘이서만 지낼 수는 없는 법이에요. 평생 같이 살 수는 없어요."

라며,

"지현 씨가 서울에 있는 동안 동생분도 혼자 있잖아요. 모두 각자의 외로움을 견디고 있는 거예요."

라고 덧붙였다.

모두에게 각자의 외로움이 있다고 생각하니, 괜히 안도가 됐다. 동해 생활은 여전히 계속되고 있는데 왜 나는 이다지도 불안해하고 있었는지. 어쩌면 우리가 평생 같이 살 수 없다는 사실을 예감했기 때문은 아니었는지. 나는 동생에게 뭐하느냐고 메시지를 보냈다. 동생은 텔레비전을 보고 있다며 금방 답장을 보내왔다. 동해에 같이 와 줘서 고마워, 라고 답하려다가 어쩐지 낯간지러워서 내일 일찍 내려갈게, 라고 고쳐 보냈다. 가끔은 끝이 있어서 불안하기도, 때문에 그 불안이 소중하기도 한 법이라고, 생각하면서.

*

　이렇게 말은 했지만 동생을 따라나선 술자리에서 몇몇 친구들과 친해져 아직도 연락을 하며 지내고 있다. 몇몇은 우리가 동해를 떠난다고 했을 때 상심한 나머지 며칠 동안 연락을 안 받기도 했다. 다시 만났을 때 친구가 울먹거리며 "거봐. 언젠가 떠날 사람들이니까 정 안 준다고 했잖아?"라고 말하는 소리를 듣고 우리도 괜히 눈물이 나서 다 함께 한바탕 눈물 파티를 했다. 이번에 동해에 가면 그들에게 『동해 생활』을 한 권씩 건넬 수 있으면 좋겠다. 미처 못다 한 말들이 글로 전해질 수 있을지는 모르겠지만, 그래도 아주 일부분이라도.

테이킹 망상 그린플러그드

m이 동해에 와서 이 주간 머물다 갔다. m과 나는 「테이킹 우드스톡(Taking Woodstock)」(2009)을 함께 보았다. 영화 중반에 m은 깔깔 웃으며,

"저거 우리도 했잖아. 테이킹 망상 그린플러그드."

라고 말했고 나는 작년 여름을 떠올렸다. 어느새 그때처럼 날이 더워지고 있었다.

*

동해에 와서 스물네 시간 중 스무 시간을 잠만 자던 시

절을 지나, 회사를 그만두고 고양이들과 함께 온 동생과 잠자던 때도 지나, 억지로 밥도 챙겨 먹고 고양이 먹이도 챙기고 똥도 치우고 하다 보니 다시 잠이 줄었다. 잠이 줄어든 김에 동생과 함께 실업 급여를 신청하러 강릉도 가고, 강릉에 있는 예술 영화관에서 영화도 봤다. 「플로리다 프로젝트(Florida Project)」(2017)를 보면서 어찌나 울었는지……. 영화가 끝나고 동생과 영화관 화장실에 가서도 계속 울었다. 한동안 우리는 그 영화의 제목만 들어도 울었다. 주민 센터에서 나름의 취미 생활(금세 끝나긴 했지만)도 했고, 수업이 끝나면 자주 산책도 했다. 드라마에 나왔다는 흔들다리에도 가고, 등대 근처에 생긴 카페에도 갔다. 사장님은 햇사과며 꿀바나나 같은 걸 챙겨 주셨다.

바다에도 갔다. 하릴없이 해변을 걷기도 하고 뭘 찍기도 하고 가끔은 발을 적실 때도 있었다. 동생의 웃는 얼굴에 높게 뜬 태양 그림자가 온통 일렁였다. 뭔가 점점 '힐링'에 가까워지고 있다는 생각이 들 때쯤 우리가 동해로 이사 왔다는 소식을 들은 친구들이 하나둘 놀러 오기 시작했다. 낡은 1.5룸 아파트에 자매 두 명과 고양이 두 마리와 친구들이 복작댔다. 안 그래도 낯선 공간으로 이사 온 데다가 매일같이 찾아오는 낯선 사람들을 피해 고양이들은 침대 밑으로 숨었고, 집에는 늘 뭔가가 없었다. 예를 들어 전기밥솥이라든가, 커피믹스라든가, 이불 같은 것들. 하지만 뭔가가 없는 것조차 즐거웠다. 이불이 부족해서 패딩 따위를 덮고 딱딱한 바닥에 누워서 잘 때도 우리는 깔깔댔다.

슬슬 해수욕장이 개장할 시기였고, 눈을 뜨면 바로 바다로 직행하는, 남프랑스 문학에서나 보던 일상이 시작되었다. 파라솔 밑에 누워 해를 바라보며 비문증의 형상을 쫓았고, 지겨우면 편의점에서 맥주나 와인을 사다 마셨다. 그리고 그 무렵, 망상 해수욕장에서 그린플러그드 페스티벌이 개최된다는 소식이 들려왔다. 나는 우드스톡이라든가, 글래스톤베리라든가, 어쨌든 그런 찬란한 장면들을 떠올렸다. 그래, 여름이라면, 또 여름휴가라면 페스티벌이지. 나는 친구들에게 이 소식을 알렸다.

"해변에서 페스티벌을 한대!"

「테이킹 우드스톡」은 이안 감독의 영화로, 뉴욕에서 활동하던 화가 엘리엇이 주인공이다. 그는 경영이 어려워진 부모님의 모텔 일을 돕기 위해 '화이트 레이크'로 내려온다. 모텔은 낡고, 빚에 쪼들리고, 손님들은 환불을 요구하기 일쑤다. 그러던 중 엘리엇은 옆 동네에서 거부한 우드스톡 페스티벌을 자기네 마을에서 열기로 한다. 그러자 동네엔 이 소식을 들은 히피들이 몰려오고 도로는 마비되며 부모님의 모텔은 주최 측의 숙소로 쓰인다. 페스티벌이 진행될수록 모든 것이 변해 가는 광경을 보며 엘리엇은 불안감에 휩싸인다.

＊

애당초 망상 페스티벌에 오기로 한 친구들은 열 명 남짓이었지만 동생 친구들과, 친구의 친구들과, 친구의 가족들까지 딸려 오다 보니 스무 명이 훌쩍 넘었다. 다들 여름휴가는 망상 해수욕장으로 결정한 모양이었다. 가족 단위로 온 친구들은 숙소를 따로 잡았고, 몇몇은 폐를 끼치기 싫다며 캠핑카에서 자겠다고 했다. 모두들 계획이 있어 보였고, 내 머릿속은 화려한 페스티벌 룩과 해변에서 마시는 낮술로 가득했다. 동생과 나는 여세를 몰아 인터넷 쇼핑몰에서 하늘하늘한 에스닉 로브와 핑크색 선글라스를 샀다. 우리 집에서 자기로 한 친구들은 다섯 명. 나를 포함하면 여섯 명이었으므로, 침대에 두 명, 바닥에 두 명, 거실에 세 명. 충분하지는 않지만 나름 각이 나왔다. 우리는 이불을 추가로 주문했다.

드디어 페스티벌 첫날. 친구들은 고속버스를 타고 오거나 차를 타고 오거나 기차를 타고 오거나 다양한 방법으로 다양한 시각에 도착했고, 우리는 간신히 '새소년'의 공연을 볼 수 있었다. 바로 맥주와 보드카를 사서 한 잔씩 들이켰고, 폭염으로 햇빛이 따가웠지만 괜찮았다. 사방이 바다니까. 우리는 밴드가 장비를 세팅할 때마다 술을 샀고, 더우면 바다로 뛰어 들어갔다. 돗자리는 바닷물로 공연 내내 축축했고 걸을 때마다 모래가 떨어져 내렸다. 동생과 동생 친구들은 춤을 췄고, 가족 단위로 온 친구들의 아이들이 해변에서 뛰놀았다. 에스닉 로브와 핑크 선글라스는 우리 자매에게 잘 어울렸으며, 핑크 선글라스는 친구들의 얼굴 위에 돌아가며 얹혔고, 다들 톤이 보정된 셀카를 찍었다. 마지막 공연이 끝나고 우리는 소금기 가득한 몸으로 따로 차려진 DJ 부스로 갔다. DJ 부스는 넓었고, 힙해 보이는 몇몇 무리가 나가서 술을 마시자며 이야기를 나누고 있었다. 대화를 한참 엿듣다 얼굴을 보니 아는 사이였다.

"여기 어쩐 일이야?"

내가 묻자 친구가

"너처럼 공연 보러 왔지!"

라고 대답했다. 나는 고개를 저으며 자랑스럽게 덧붙였다.

"나 여기 살아! 저기, 바다 보이는 집에!"

우리는 한참 동안 동해에서의 삶을 주제로 대화를 나눴다. 술로 달궈진 입김을 내뱉으며 서로의 친구를 소개했고, '얘 여기 산대. 바다 보이는 집에.' 이 얘기는 들을 때마다 짜릿했다. 동해 생활의 만족도는 점점 높아져 갔다. DJ가 바뀌기 전에 우리는 부스에서 나왔고, 술을 한잔 더 마시기 위해 집으로 갔다. 우리 집, 1.5룸의 집으로.

*

집에 들어와 불을 켜자 고양이들이 침대 밑으로 후다닥 들어갔다. 집에 온 사람은 어째서인지 총 아홉 명. 누가 일단 씻고 싶다고 말해서 우리는 서로의 몰골을 확인했다. 태양에 익어서 다들 말이 아니었다. 우리는 별다른 논쟁 없이 욕실에 들어갈 순서를 정했고, 집주인인 나는 제일 마지막이었다. 장판은 금세 모래로 버석거렸고, 몸이 채 마르지 않은 나는 베란다 박스에 쭈그리고 앉아서 내 차례를 기다렸다. 순서를 기다리며 문득, 우리 집이 누추해 보인다는 생각을 했다. 무엇보다 씻으러 들어간 친구가 신경 쓰였다. 수압도 약한데, 씻을 수 있을까. 가끔 찬물이 나오기도 하는데. 설마 아홉 명이 다 자고 가는 건 아니겠지. 캠핑카에서 자고 간다고 한 친구도 있었으니까. 그나저나 이불은 이걸로 충분할까. 나는 펜션 주인과 같은 마음으로 어느새 페스티벌은 안중에도 없었다. 내일 밥은 어떻게 하지. 인간 아홉 명이 먹을 만한 음식은 없었고 조리 기구도 부족했고, 그러고 보니 이 집에는 없는 게 왜 이렇게 많아! 라는 소리가 목구멍까지 올라왔다.

친구들이 전부 다 씻었을 때는 어느새 새벽이었다. 수압이 약한 탓에 다들 한참 씻어야 했다. 술은 점점 깨어갔고, 이러면 안 된다는 마음으로 나는 씻으러 들어갔다. 씻고 나와서는 다시 즐겁게 파티를 하는 거야. 일단 저 형광등은 꺼야겠어. 집이 너무 적나라하게 보인단 말이지. 그런 생각을 하며 씻는데 내내 찬물만 나왔고, 피부가 익어서 물줄기가 하나하나 느껴졌다. 겨우 씻고 나온 나는 보라색 입술을 한 채 미리 사둔 보드카를 꺼냈다. 둘러보니 친구 하나는 이미 침대에 곯아떨어져 있었고, 두 명은 컴퓨터로 게임을 하는 중이었으며, 한 명은 침대와 화장대 사이에 껴서 잠들어 있었다. 술, 술을 마셔야돼. 잊자.

그렇게 나는 다음 날 오후에 눈을 떴다. 머리는 깨질 것 같았고 속은 울렁거렸으며 친구들은 꾸깃꾸깃 접혀서 어떻게든 자리를 잡은 채로 자고 있었다. 일어나서 중국집에 주문을 하려고 메뉴를 메모하다가 두 명이 사라졌음을 알아챘다. 우리는 돌아가며 그들에게 전화를 했고 한 명이 전화를 받았다. 서울로 꼭두새벽부터 일을 하러 갔단다. 안도하며 다른 친구에게 계속 전화를 걸었다. 여러 번의 전화에도 끝끝내 받지 않던 그는 우리가 사색이 됐을 때쯤 부스스한 얼굴로 집에 돌아왔다.

"차에서 자고 있었어……."

라고 대답했다. 꽉 잠긴 목소리의 그와 함께 우리는 드디어 중국집에 음식을 주문할 수 있었다. 상 하나로 모자라서 몇몇은 접시를 든 채 먹어야 했다. 집은 더 이상 쉴 만한 공간이 아니었다. 나를 비롯해 모두가 지친 상태로, 다시 페스티벌의 마지막 날을 맞이하러 나갔다. 같은 온도의 같은 공간이었지만 다들 어제처럼 즐기지 못했다. 해는 너무 뜨거웠고 바다는 지겨웠다. 저녁이 되어 좀 선선한 공기가 돌자, 널브러진 친구들이 치킨을 시키자고 했다. 너무 피곤해서 치킨을 먹는지 모래를 씹는지 구분이 되지 않았다. 정신없이 저녁을 때운 뒤에 하나둘 일상으로 복귀하기 위해 서울로 떠났다. 올 때처럼 다양한 시각에, 다양한 방법으로 떠나갔다. 그리고 마침내 다시 동생과 나, 둘만 남았다. 우리는 페스티벌을 끝까지 봤다. 봤다고 하기에는 주로 돗자리에 누워 있었지만. 마지막 무대는 '넬'이었고, 유명 밴드인 만큼 둘 다 아는 노래였다. 동생과 나는 손을 잡고 일어나서 고래고래 노래를 따라 부르기 시작했다. 따라 부르다가 손을 맞잡고 뱅글뱅글 돌았다. 그때 폭죽이 터졌다. 나도 모르게 소리를 지르며 주저앉았고, 동생은 나를 일으켜 주었다.

집에 돌아오자마자 동생과 나는 침대에 뻗었다. 그제야 고양이들도 침대 밑에서 기어 나와서 사료를 오도독오도독 씹기 시작했다.

"너네한테 진짜 못할 짓이다"

라고 동생이 중얼거렸다. 간신히 몸을 일으켜서 어디서부터 집을 정리해야 할지 바라보았다. 컴퓨터에는 듣도 보도 못한 게임들이 깔려 있었고, 방 한쪽 구석엔 이불 더미들이, 베란다엔 맥주 캔과 술병이 나뒹굴었다. 마침 친구들이 서울에 잘 도착했다며 메시지를 보내왔다. 그중 차에서 잤던 친구가 말했다.

"덥기도 더웠고…… 한 명이 코를 너무 골더라고. 더 이상 잘 수가 없었어."

"주지사가 여기를 재난 지역으로 선포했어." 영화 「테이킹 우드스톡」 중반에 나오는 대사다. 나는 친구들이 떠난 집을 며칠 내내 치우며 이 대사를 계속 떠올렸다. 모래는 아무리 치워도 도저히 사라질 기미조차 보이지 않았고, 잊을 만하면 어디선가 나타나 굴러다녔다.

*

영화 내내 엘리엇은 단 한 번도 페스티벌을 보지 못한다. 그 대신 그는 다른 많은 것들을 보며 자기 내부로부터 '달라진 무언가'를 느낀다. 영화가 끝나고 한동안 조용했다. 나는 이 영화를 두 번째로 보는지라 별 감흥 없이 m

을 바라보았다. m은 울고 있었다. 그러더니 소리쳤다.

"젊음이 지나가는 게 왜 이렇게 힘드냐!"

우리는 패딩을 덮고 누울 때처럼 깔깔 웃었다. 이번 여름 여행은 바다가 없는 곳으로 가고 싶다고, 그러나 여름 휴가엔 역시 바다겠지, 라고 생각하면서.

10월엔 마지막 서핑

　10월이라니. 생각나는 것은 우울한 일들뿐. 한 해가 두 달밖에 남지 않았다는 거, 언제나 그렇듯이 한 게 없다는 거, 뭐 그런 것들만 떠오르는 마당에 친구들을 붙잡고 너희 10월은 어떠냐고 물어봤다. 끼리끼리라더니 역시 나와 비슷한 대답을 한 친구들이 많았지만 몇몇 대답들은 조금 특별해서 적어 두었다. 6수를 한 친구는, 10월이면 수시 기간 아닌가요, 라고 했고 아토피를 달고 사는 친구는, 여름이 지나가서 가려움이 좀 나을 시기, 라고 답했다. 그리고 최근에 사귄 친구는 이렇게 대답했다. 국내에서 서핑을 할 수 있는 마지막 달이라고.

　　나는 대진 해변 비로 앞에 위치한 카페에서 아르바이트를 시작했는데, 이곳 주변에는 세 개의 서핑숍이 있다. 이전까지 서핑에 대한 나의 이미지는, 그거 뭐 핀터레스트에서 사진으로나 보는 거 아닌가, 하는 생각과 동시에 돈 많이 드는 취미 아냐? 정도였다. 카페에서 일하며 서핑숍과 마주하자 든 생각은, 내가 서핑숍 근처(뭔가 힙한 이미지였다.)에서 일해도 되나? 서퍼들(돈 많은 이미지였다.)이 무시하는 거 아니야? 최대한 물을 싫어하는 척(아무도 물어보지 않았다.)해야겠다. 뭐 이런 말도 안 되는 것들이었다. 해변 앞에 카페가 하나뿐이라 서핑숍 사장과 직원부터 손님들까지 물을 뚝뚝 흘리며 커피를 사 갔고, 나도 서핑에 대한 두려움이 없어질 무렵, 동해에서 사귄 친구가 제안했다.

　"서핑 해 볼래?"

　"10월인데?"

　"원래 서핑은 10월까지야. 이 시즌 지나면 다음 3월까지 기다려야 해.”

“……어, 얼만데?”

“강습까지 다 해서 종일 5만 원.”

나는 콜을 외쳤다. 괜히 쫄았어, 라고 생각하며. 아. 나
는 왜 이다지도 부의 향기가 나는 것 앞에서 작아진단 말
인가. 어쨌든 친구와 나는 바로 다음 주에 예약을 잡았
고, 친구는 여러 번의 경험이 있었으므로 강습은 나만 받
기로 했다.

당일 아침에 일어나니 집 안에 한기가 돌았다. 이런 날
바다에 들어간단 말이야? 하루 종일 5만 원이라더니, 추
워서 삼십 분도 못 타겠는걸, 생각하며 어찌어찌 서핑숍
에 도착해서 꽉 끼는 슈트를 입고, 화장실에 간다고 친구
에게 벗겨 달라고 하고, 다시 나와서 또 슈트 입기를 반
복하며 드디어 해변에 도착했다.

강사는 나를 보자마자 대뜸,

“오늘은 초심자에게 좋은 파도가 별로 아니네요.”

라고 했고, 해변에 누워서 허우적거리는 강습이 시작
되었다. 두꺼운 슈트 탓인지 땀이 흘렀고, 오, 서핑은 역

시 10월까지 가능한 거였구나, 이제 제발 바다에 넣어 주세요, 나는 간절히 빌었다. 평소에 쓰지 않던 근육을 쓴 까닭에 내일 분명히 갓 태어난 아기 사슴처럼 걷게 되리라 예감할 무렵 드디어 바다에 들어갔다. 강사는 파도를 기다리는 법을 알려 준 뒤 몇 번 보드를 밀어 주고는 이제부터 자유 시간이라고 했다. 누가 보드를 밀어 주지 않자 패들링만으로는 파도를 잡기가 힘들었다. 해변에 보드가 도착하면 끌고 다시 바다로 들어가는 것도 일이었다. 보드는 너무 크고 무거웠고 그에 비해 나는 너무 작고 근력이 없었다. 저 멀리 친구가 바다 가운데서 파도를 잡으려고 애쓰는 모습이 보였다.

나는 보드에 매달려 생각했다. 너무 외롭다고. 외로운 순간이면 모든 것이 내 삶의 징조가 되리라는 생각을 하게 되는데, 그때가 그랬다. 앞으로도 이렇게나 많은 먹먹한 순간들만이 날 기다리고 있겠지. 나는 이렇게 바다 한가운데에서 혼자 힘으로는 통제할 수조차 없는 보드를 붙들고 있는 지금처럼 외롭게 인생을 살아가겠지. 내 마음대로 할 수 있는 일이란 하나도 없겠지. 그런 생각을 할 때 같이 수업을 들었던 한 사람이 파도다! 라고 작게 외쳤고 나는 나도 모르게 보드에 엎드려 패들링을 시작했다. 그 순간 파도를 탔다는 직감이 들었고 나는 일어나려고 시도했지만 그대로 엎드려서 쭉 해변까지 떠밀려 갔다. 그리고 곧장 뒤집혀서 버둥댔다. 일어나려고 했지만 파도가 계속해서 밀려왔고 앞이 안 보이는 상태로 어떻게든 보드를 잡아 해변으로 올라왔다. 갑자기 참을 수 없이 웃음이 터져 나왔다. 웃으면서 나는 바다에 떠 있는 서퍼들을 보았다. 모든 게 파도를 잡는 이 순간, 걷잡을 수 없는 속도가 붙는 이 한순간을 위한 것이구나.

그 뒤로는 별로 외롭지 않았다. 잘 타는 사람들도 다들 이 한순간을 기다리며 앉아 있다고 생각하니 그냥 마음이 놓였다. 나는 일어나기를 포기하고 그냥 엎드린 채로, 마치 썰매를 타듯이 몇 번씩 해변으로 밀려 나갔다가 바다로 돌아가기를 반복했다.

*

올해는 바다가 지척인 곳에 살면서도 바다에 한 번밖에 못 갔다. 당연히 서핑도 못 했다. 카페는 아직도 서퍼들로 북적이고 있다. 그들은 바닷물에 눈이 빨개진 채로 물을 뚝뚝 흘리며 커피를 마신다. 사장님은 추석에, 자주 오는 서퍼들에게 티스푼 세트를 선물했다. 사실을 말하자면 발주가 잘못되어 열 박스를 주문했는데 백 박스가 들어와서 난감했던 터였다. 그래도 다들 기뻐했고, 아직 서핑 시즌이 끝나기까지 한 달이나 남았다. 그렇게 생각하니 올해도 두 달이'나' 남은 것 같고, 컵에 물이 반이'나' 차 있다, 라는 말을 중얼거리면서 이렇듯 나는 10월의 풍경을 쓰는 것이다.

여름의 냄새

서울에서도 여러 자취방을 옮겨 다니긴 했지만 주소까지 이전한 것은 동해가 처음이었다. 주민등록증 뒤에 붙은 주소가, 또 평생 살던 도(道)가 아닌 다른 도로 적힌 것이 신기해, 동사무소 앞에 서서 한참을 바라보았던 기억이 난다.

앞서 말했다시피 동해에 온 뒤 한 달은 내내 잠만 잤다. 잠깐 일어나서 밥 먹고 다시 잠들고 그게 다였다. 그러다 동생이 회사를 그만두고 동해에 왔다. 내가 잠자는 만큼 동생도 잤다. 나만큼 잘 자는 동생을 보며, 동생이 그간 서울에서 지나온 계절을 짐작해 볼 뿐이었다.

우리는 그렇게 실컷 자다가 어느 날 일어났다. 일어나서 밀린 일을 했다. 실업 급여도 신청하고 강릉까지 영화를 보러 가거나 맛집 탐방을 했다. 그리고 매일 집 앞 바다에 나갔다. 정수리 바로 위에 떠 있는 햇빛을 맞으며 웃을 때면 우리 얼굴에는 그림자가 일렁댔다. 얼굴에 파도가 새겨지는 것 같았다. 잔잔한 봄이었다. 그렇게 지내다 보니 여름이 왔다.

기온이 올라가니 갑자기 기운이 생겼다. 그때부터 친구들을 초대하고 망상 해수욕장에서 열리는 록페스티벌에도 갔다. 그리고 무엇보다 눈을 뜨면 바다로 가서 해수욕을 했다.

여름 동안 우리의 하루 일과는 이랬다. 일어나서 씻지 않고 간단하게 밥을 먹는다. 수영복을 입고 수건과 선크림을 챙겨 바다로 간다. 튜브를 대여한다. 물에서 놀다가 추워지면 물 밖에 나와서 체온을 올리고 다시 물에 들어간다. 집에 돌아와 모래가 잔뜩 낀 옷을 빨고 샤워를 한다. 간단히 밥을 먹는다.

친구에게 말하니 문학 작품에서나 보던 '남프랑스적인

삶'이라고 했고, 그 말이 두고두고 기억에 남았다. 아마
도 그 말이 서울의 모든 것을 저버리고 동해로 떠나온 선
택에 대한 긍정의 대답처럼 들렸기 때문일 거다. 동생과
나는 고개를 끄덕였다. 이게 우리가 이곳에 온 이유지.

　　동생은 물을 조금 무서워한다. 언제부터 무서워했느
냐고 물어보니 아주 어릴 때라고 했다. 부모님과 수영장
에 갔고, 수영장에 들어간 것은 동생 혼자였다고 했다.
저 멀리 선베드에 앉아 있는 부모님에게 손을 흔들고 귀
가 물에 잠기도록 물속에 들어가던 순간이 너무도 적막
했고, 엄마도 아빠도 어딘가로 멀리 떠날 것 같은 기분이
들었다고. 그 뒤로도 그 비슷한 적막감이 떠오를 때마다
불안하다고 했다.

　　그런 동생을 위해 물에 들어갈 때마다 튜브를 대여했
다. 한 번 대여하는 금액은 5000원이었고, 해수욕장이
폐장하는 오후 6시까지 이용할 수 있었다. 우리는 매번
5000원을 내고 튜브를 빌렸다. 그러다 이마트로 장을 보
러 갔다가 튜브가 진열된 모습을 보고 크게 놀랐다. 그동

안 튜브를 소유할 수 있다는 생각을 해 보지 않았던 것이다. 우리는 '아틀란티스'라고 적힌 튜브와 부풀면 캐릭터 얼굴이 되는 비치볼을 샀다. 아틀린티스는 붇고 나면 좀 어지럽긴 했지만 입으로도 충분히 부풀릴 수 있는 크기였다. 이제 우리는 바다에 가면 튜브를 부는 것으로 해수욕을 시작했다. 어지러움 탓에 가만히 누워 해를 바라보면 투명한 별이 쏟아지는 듯했다. 발바닥에 엉기는 모래는 어릴 때 먹던 톡톡 터지는 사탕 같았다.

*

어디선가 본 글에 그런 내용이 있었다. 아내가 죽은 뒤 모든 물건을 정리하는 과정에서 거의 대부분의 것들을 버릴 수 있었는데, 함께 휴가 가서 쓴 튜브만은 버릴 수가 없었다고. 바다에서 열심히 불었던 그 튜브 안에 아내의 숨결이 들어 있을 생각을 하니 그게 그렇게 소중할 수가 없었다는, 그런 이야기.

*

아틀란티스의 수명은 그리 오래가지 않았다. 그날도 열심히 바람을 분 뒤 동생은 튜브를 타고 나는 스노클링을 하고 있었다. 물속에서 조개를 줍고 있을 때 나는 문득 동생이 말한 적막감을 떠올렸고 수면 위로 올라와 한바탕 물을 뱉어 냈다. 그리고 동생이 외치는 소리를 들었다. 동생은 나를 부르고 있었다.

나는 황급히 동생에게로 헤엄쳐 가 튜브에 손을 올렸고, 튜브는 공기가 빠져서 흐느적거리고 있었다. 흐느적거리는 튜브를 끌고 간신히 해변에 도착했을 때 동생은 웃음을 터트렸다. 나는 동생이 웃는 모습을 보고 안도했다. 그래서 같이 더 크게 웃었다. 집에 가는 길에 우리는 욕을 하며 아틀란티스를 버렸다.

그 뒤로도 우리는 이마트에서 몇 개의 튜브를 더 샀지만 모두 아틀란티스와 운명을 같이했다. 우리는 다시 튜브를 대여하기 시작했다.

해수욕장에 사람이 북적이는 계절이 지나고 가을이, 겨울이, 다시 봄이 지났다. 그사이 동생과 나는 해수욕장 앞에 있는 카페에서 아르바이트를 시작했다. 나는 카페 아르바이트를 하지 않는 날에는 이마트 시식 코너에서도 일을 하기 시작했다. 뭐랄까, 작년 여름의 남프랑스적인 삶과는 아주 달라진, 노동의 삶과 마주하면서 우리는 여름을 기다렸다. 그리고 마침내 여름이 왔다. 해변에는 다시 사람이 북적였고 파라솔이 세워졌고 튜브 대여가 시작되었다.

그러나 우리는 작년과 달랐다. 해변을 채우던 사람들이 카페로 들어오기 시작했다. 연장 근무에, 대타에 정신이 없었다. 여름이 왔음에도 올해는 한 번도 해변에 가지 못했다. 튜브도 파라솔도 투명한 별도 발바닥을 간질이며 터지는 사탕 같은 모래도, 모두 우리의 것이 아니었다.

✻

튜브에 대해 쓰면서 나는 친구들에게 '튜브' 하면 생각

나는 게 뭐냐고 물었다. 은선은 지난여름 아이와 함께 우리 집에 놀러 왔던 기억이 난다고 했다. 그날따라 아이가 일찍 잠들어서 길어진 술자리를 나도 기억한다. 또 다른 친구는 내가 아는 저 이야기를 했다. 아내의 튜브를 차마 버릴 수 없었다는 이야기. 나는 우리가 같은 글을 보고 똑같이 기억하고 있음이 신기하다고 했다. 동생에게 물어보니, 동생은 역시 아틀란티스가 수명을 다한 날이라고 했다. 나는 튜브를 생각하면, 이젠 소유와 대여에 대한 개념이 먼저 떠오른다. 몇 번이나 샀지만 금세 망가져 버린 튜브들. 이상하게 튜브는 결코 소유할 수 없는 물건인 것 같다. 아니, 결국 인생을 살아가면서 가졌다고 생각한 것들이 사실은 어딘가에서 대여해 왔던 게 아닐까.

튜브는 한 철만 쓰는 물건인데도 불구하고 너무 빨리 망가져 버렸다. 동생과 나의 지난여름 한 철처럼. 우리는 이제 동해를 떠날 계획을 세우고 있다.

하지만 떠나는 까닭이, 여기가 지긋지긋해서라든가 일을 너무 많이 하게 돼서라든가, 그런 이유는 아니다. 그냥 이제는 우리 삶 속에서 동해라는 곳을 대여하는 시간이 끝났다는 생각이 든다.

*

　동생과 집에 돌아와서 튜브의 바람을 뺄 때면 자꾸 바람 빠지는 입구에 서로 얼굴을 갖다 댔다. 우리는 웃으면서 이게 여름의 냄새라고 했다. 여름의 냄새는 고무 바람으로 각인되었다.

나이트클럽 연대기 1

동생과 나는 평소에 나이 차이를 별로 느끼지 못하다가 가끔 쌔~해질 때가 있다. 예를 들어 이런 적이 있었다. 우리는 그때 텔레비전을 보고 있었고, 브라운관 속에는 문희준이 나오고 있었다. 동생이 문득 물었다.

"언니. 저 사람이 H.O.T.였지?"

"응."

"H.O.T.가 유명했어?"

나는 H.O.T.의 팬인 적이 없었는데도 그 말을 듣고 경악했다. 물론 H.O.T.는 내 또래보다 약간 윗세대의 팬을 더 많이 보유하긴 했지만(나는 god의 「육아 일기」 세대다.),

나는 살면서 H.O.T.와 젝스키스를 모르는 자와 대화를 나누어 본 적이 없었던 것이다. 놀란 마음에 동생을 붙잡고 잘 알지도 못하는 1990년대 아이돌의 계보를 설명했다. 그 뒤로 텔레비전에는 1990년대 아이돌이 대거 등장하였고, 그 때문인지 동생은 오히려 나보다 옛날 가수들을 더 많이 알게 되었지만, 아직 그 충격을 잊지 못한다.

*

동해에 오기 전에는 동생과 클럽에 종종 갔다. 당시의 나는 실연한 지 얼마 되지 않았고, 실연의 충격 탓인지 몸무게가 많이 빠져 있었고, 이때다 싶어서 입고 싶던 옷들을 맘껏 입고 다녔다. 매일같이 술을 마셨고(지금은 매일같이 안 마신다는 말은 아니다.), 매일같이 소개팅을 했다.(소개팅은 그때가 마지막이었다.)

우리는 클럽에 가면 두 시간가량 술도 안 마시고 춤만 추다가 돌아오곤 했다. 어느 날엔 친구들과 술을 마시고 귀가하다가, 또한 자기 친구들과 술을 마시고 집에 들어

오던 동생과 마주쳤고, 둘 다 왠지 모를 아쉬움에 집에 들어가지 않고 놀이터에 앉아 그네나 타며 시간을 죽였다. 놀이터에서는 풀벌레가 울고 있었고, 아파트는 고요했고, 나는 동생에게 말했다.

"지금 갈까?"

"그래."

동생 또한 빠르게 대답했다. 우리는 그대로 택시를 불러서 강남으로 향했다. 지금은 망한 클럽인데 당시에는 새벽 3시가 넘은 시각에도 줄을 서야 했다. 우리는 편의점에서 숙취 해소제를 사서 마시며 차례를 기다렸고 문이 열리자마자 DJ 부스를 향해 돌진했다. 클럽은 넓었지만 서서 춤을 추는 곳은 나무판자가 깔린, 아주 좁은 공간이었다. 그러거나 말거나 우리는 마주 보며 신나게 춤을 추었고, 어느 순간 내가 멈춰서 동생을 향해 말했다. 음악 소리가 커서 들리지 않았는지 동생은 "뭐라고?"라고만 계속 외쳐 댔다. 나는 하는 수 없이 동생을 껴안고 귀에 소리를 질렀다.

"나 바닥에 구두 껴졌다고!"

그 순간 동생이 무릎을 꿇고 내 구두를 빼내 주었는데, 어찌나 꽉 끼어 있었는지 동생이 구두를 들어 올릴 때의 모습은 흡사 엑스칼리버를 뽑아내는 듯 보였다. 나를 포함한 주변 사람들이 추던 춤을 멈추고 모두 손뼉을 쳤다. 한바탕 박수를 치고 웃고 나자 이제 됐다, 싶어서 집에 가자고 했다. 땀은 식어 가고, 해가 뜨기 전 하늘은 파랗고, 귀에는 이명이 남아 있는, 묘하게 나른한 택시 안이었다.

*

동해에서는 술과 노래까지는 즐길 수 있었지만 항상 춤이 부족했다. 그러다 어느 날, 육전에 소주를 먹다가 내가 폭발한 것이다.

"이곳엔 춤이 없어!"

동생도 외쳤다.

"엉덩이를 흔들고 싶다!"

우리는 진지하게 고민했다. 대체 이 동네의 어디를 가

야 춤을 출 수 있단 말인가. 육전을 다 먹고 호프집으로 자리를 옮겼을 무렵, 내가 말했다.

"여기 백악관 나이트 있잖아"

동생이 순간 나를 노인네 취급하며 말했다.

"거기는 중년이 가는 데 아니야?"

서른 중반을 향해 가고 있지만 아직 국가 행정 기준상 청년인 내가 발끈했다.

"나는 나이트 세대야……. 스무 살 땐 나이트만 갔다고……"

그러면서 동생에게 나이트에 대해 설명해 주었다. 기본으로 나오는 과일 안주와 맥주 세 병에 대해, 스테이지의 댄스 타임과 블루스 타임에 대해, 처음 갔던 나이트의 기억에 대해. 심지어 나는 「나이트클럽 연대기」라는 소설까지 썼다…… 등등. 지금 생각해 보니 약간 꼰대 같았을 수 있겠다. 동생은 내 말을 듣는 둥 마는 둥 하더니 말했다.

"그럼 맥주 더 시키지 말고 나이트로 갈까?"

그렇게 우리는 시내 한복판에 자리한 백악관 나이트클럽에 가게 된 것이었다…….

나이트클럽 연대기 2

백악관 나이트는 우리가 자주 가던 막걸릿집 맞은편에 있었다. 나는 술김에 나이트클럽의 두꺼운 문을 힘차게 열어젖혔고 웨이터의 인사보다 먼저 들려온 노래에 충격을 금하지 못했다. 그곳에서는 디바의 「왜 불러」가 흘러나오고 있었던 것이다. 게다가 홀에는 우리를 포함해서 네 테이블 정도만이 있었고, 그나마도 하나는 단체 테이블이었다. 웨이터는 우리에게 맥주 세 병과 과일 안주를 가져다주었고, 음, 이런 룰은 여전히 그대로네, 할 무렵 그나마 최신곡(?)인 빅뱅의 노래가 나왔다. 나는 동생의 손을 이끌고 스테이지로 올라갔다. 스테이지에 오

르자 미처 보이지 않았던 것들이 눈에 띄었다. 일단 형광 조끼를 입은 아주머니들이 상당히 많다는 사실이었다. 형광 조끼에는 '한라시멘트'라고 적혀 있었다. 한라시멘트에서 아마 단체로 회식을 하러 오신 것 같았다. 형광 조끼 아주머니 한 분이 흥이 오르셨는지 동생과 나를 잡아끌었다. 우리는 빅뱅 노래에 맞춰서 빙글빙글 돌았다. 마냥 돌기만 했다. 어지러워질 즈음 블루스 타임이 시작되었고, 나는 동생을 무대에 둔 채 자리로 돌아왔다. 아주머니가 동생과 블루스를 추길 원했기 때문이다.

맥주를 마시면서 아, 이게 아닌데, 라고 생각했다. 십여 년 전, 처음 나이트클럽에 갔던 날을 회상했다. 나는 스무 살이었고, 온 가족이 그동안 살던 도시를 떠나 새로운 도시로 이사했다. 새로운 도시의 번화가에는 나이트클럽 세 개가 있었다. 나를 만나러 우리 동네에 온 친구들은 그 광경을 보고 신기해했다. 한번 가 볼래? 라면서 높은 구두 굽에 움푹 들어가는 카펫을 밟으며 지하로 내려가던 기억. 두꺼운 문이 열리자 쏟아져 나오는 음악과 뿌연 연기. 친구들과 마주 보며 췄던 당시 아이돌의 춤들.

그런 기억을 네 테이블밖에 차지 않은 동해의 나이트 클럽에서 꺼내 보려니 새삼 옛일이구나, 싶었다. 동생이 무대에서 내려와 숨을 몰아쉬며 맥주를 따서 들이켰다. 왠지 피곤해져서 맥주만 다 마시고 일어나자고 했다. 동생은 댄스 타임에 형광 조끼 아주머니랑 무대에서 만나기로 했는데, 라고 아쉬워했다. 돌아오는 길, 택시에서 동생은 내게,

"언니, 나이트클럽 진짜 재밌다. 아주머니랑 블루스도 추고."

라고 말했다. 속으로 이런 게 아니야, 하고 중얼거리는데 동생이 물었다.

"언니, 그거 기억나?"

"뭐?"

"언니가 나랑 나이 차이 많이 나서 슬퍼했잖아. 친구처럼 못 논다고."

"그랬지?"

"언니가 처음 나이트클럽 다녀온 날, 나한테 너 크면 같이 가자고 했다?"

"내가 그랬어?"

"응. 너 스무 살 될 때 스물아홉 살 언니라도 괜찮다면 같이 놀러 가자고 했어."

"헐. 초딩한테 그런 말을 했단 말이야?"

"어. 어쨌든 우리 나이트클럽도 드디어 가 봤네!"

나는 그러네, 하면서 웃었다.

*

동생과 내가 친구처럼 지낼 수 있으리라고는 전혀 생각하지 못했다. 동생이 성인이 되고 나면 나는 너무 늙었을 거라고 생각했기 때문이다. 하지만 나는 어느 순간부터 느리게 나이를 먹고, 동생은 생각보다 더 빨리 나이를 먹은 것 같다. 몸이 모두 성장하고 나면 마음도 그에 맞춰 성장을 멈추는 것일까? 나는 동생에게 했던 말들을 잊고 있었는데, 동생은 내가 했던 말을 너무나도 잘 기억하고 있다. 어쩌면 동생이 나 때문에 더 빨리 나이를 먹은 것은 아닌지 미안해진다. 동생이 물었다.

"우리 갔을 때 나온 노래가 뭐라고?"

"디바의 「왜 불러」."

"들어 봐야지."

동생의 말이 끝나기도 전에 나는 학창 시절 인기 있던 장기 자랑 곡들에 대해 주절주절 떠들기 시작했고, 마음은 성장을 멈추는 것이 아니라 오히려 퇴화하는 게 아닌가, 라는 생각을 했다.

티켓 투 라이드

나는 다섯 살부터 스무 살까지 경기도 부천에서 살았고, 이후에는 경기도 안양에서 살았다. 박상영은 내가 경기 남부의 감성을 가졌다고 농담하곤 한다. 자주 어울리는 친구들도 대부분 같은 동네에서 자라서인지, 나는 경기 남부의 감성이 무엇인지 잘 모르겠다. 서울이 멀다면 멀고 가깝다면 가깝다는 것, 그러니까 다시 말하면 언제든 대도시와 닿을 수 있다는 점, 그러나 그곳에 살지는 못한다는 점. 그런 거리감을 가진 동네에서 살아온 것이 어떤 공통된 감정을 만들어 내지는 않나, 생각해 보기는 한다.

어릴 때라 잘 기억이 나지는 않지만 당시 부천에는 포도밭과 복숭아밭이 많았던 걸로 기억한다. 근처에 살던 이모들과 다 함께 여름날, 원두막에서 포도를 먹었던 기억이 어렴풋이 난다. 초등학교에 들어갈 무렵(내가 입학할 때는 '국민학교'였지만!) 근처가 모두 개발되었고, 포도밭은 포도마을이, 복숭아밭은 복사골단지가 되어 아파트가 들어섰다. 자연의 기억은 어렴풋하고 개발의 기억이 가깝다. 초등학교 1학년 때는 오전·오후반이 나뉘어 있을 정도로 한 반에 아이들이 많았다. 그러다 마침 집 앞에 학교가 생겼고, 2학년이 되면서 동네 친구들과 함께 새로 지어진 학교로 전학했다. 학생 수는 적었고, 모두 아는 사이였다. 자라는 동안 학교는 계속 생겨났다. 나는 새로 생긴 고등학교의 1기 학생으로 들어갔다. 선배가 없다는 점이 좋았다.

고등학교 앞에는 백화점이 생겼고, 백화점 앞에는 홍대까지 한 번에 가는 버스가 다녔다. 학교가 끝나면 매일같이 그 버스를 타고 홍대에 갔다. 버스 속에서 어른이 되면 꼭 홍대 근처에서 살아야지, 그런 생각을 했다.(실제로 나는 이십 대 초반에 망원과 합정 인근에 거주하기도 했다.
월세 때문에 죽을 뻔했다.)

서울에서 일어나는 일들은 언제나 뉴스에 나온다. 서
울에서 일어나는 일은 나와 가까운 곳에서 일어나는 일
이고, 나는 그것을 나의 일, 그리고 전 국민의 일이라고
느끼곤 했다. 서울은 내게 곧 한국이었다. 나는 내가 이
렇게 생각하고 있다는 사실을, 어느 날의 사건을 겪고 나
서야 감각할 수 있었다.

＊

동해에 산불이 난 것이다.

동생과 나는 저녁을 먹으며 텔레비전을 보고 있었다.
뉴스 속보는 고성에 큰 산불이 났다고 전했다. 걱정을 하
면서 저녁상을 치우고 인터넷으로 실시간 상황을 보며
뒹굴거릴 무렵이었다. 갑자기 동해 바로 옆, 강릉 옥계에
서 산불이 났다는 단신 뉴스가 한 줄 자막으로 지나갔던

것이다.

"방금 봤어?"

나는 동생에게 물었고,

"뭘?"

동생이 대답했다.

"우리 동네에 산불 났다는데?"

우리는 바로 휴대폰으로 뉴스를 검색하기 시작했다. 불은 산을 타고 점점 집 가까이로 다가오고 있었다. 그러다 망상까지 불이 붙었다는 뉴스가 다시 한 번 떴다. 우리 집과 엎어지면 코 닿을 거리가 불타고 있다는 게 상상이 안 됐다. 뉴스는 가까운 대피소를 안내했고, 동생과 나는 풍속을 검색했다. 엄청난 바람이었다. 그리고 뉴스는 더 이상 나오지 않았다. 불안해진 나는 새벽 2시가 넘어갈 때까지 기사를 계속 검색했다. 망상 해변이 다 타고 있다는 기사가 떴을 때쯤, 동생과 함께 짐을 싸기 시작했다.

나는 그 와중에 외국에서 사 온 빈티지 원피스를 챙기고 내가 가진 신발 중 제일 비싼 닥터마틴 워커를 신고 나왔다. 고양이들을 겨우겨우 이동장에 넣고 아파트 밖으로 나왔을 때 제대로 서 있을 수도 없을 만큼 바람이 불고 있었다. 스티로폼인지 비닐봉지인지 온갖 쓰레기들이 날아다녔고, 그것들을 피해서 차를 타고 대피소로 이동했다. 대피소로 이동은 했지만 고양이들을 차에 두고 내릴 수가 없어서 재난 속보가 나오는 라디오를 켜 둔 채 차에서 그냥 가만히 있었다. 재난 속보는 예고도 없이 갑자기 끝났고, 비틀스의 「티켓 투 라이드(Ticket to Ride)」가 흘러나왔다. 차 안에서 그걸 따라 부르고 있자니 동생이 중얼거렸다.

"이거…… 앞으로 언니 소설에 나올 장면이지."

이 글을 쓰는 현재까지 산불이 나는 내용의 소설은 아직 쓰지 않았다. 하지만 에세이로 쓰고 있으니 동생의 통찰은 참으로 대단하다.

우리는 한참을 대기했고, 경찰과 상의한 끝에, 바람 방향이 우리 집 쪽으로는 향하지 않을 것 같다는 말을 듣고 나서야 귀가했다. 돌아가는 길에는 누군가가 리메이크한, 끈적끈적한 버전의 「예스터데이(Yesterday)」가 흘러나왔다. 우리는 그 노래를 따라 부르며 집에 도착했고,

도착해 보니 공황을 겪은 두리가 똥 범벅이 되어 있었다. 두리를 씻기고 말리고 하다 보니 해가 떴다. 우리는 기진맥진해서 잠들었다.

아침이 되어 동생에게 나는 말했다.

"그러고 보니 난 책은 하나도 안 챙기고 옷만 챙겼네."

"그래. 책은 언제고 또 살 수 있지만 마음에 드는 옷은 다시 구하기 힘드니까……"

그러더니 랩을 하듯이 빠르게 덧붙였다.

"근데 나는 고양이 사료랑 폰 충전기 챙긴 거 알지?"

간밤에 동생이 챙겨 온 충전기를 연결해서 유튜브를 보며 한 번도 착용하지 못한 비비안 웨스트우드 귀걸이를 못 챙겼다고 한탄하던 나였다.

어쨌든 우리는 생존을 기뻐하며 고기를 듬뿍 넣은 김치찌개를 아침으로 먹었다. 수많은 추억이 있던 해변이 통째로 타 버렸다. 나는 엄마에게 전화를 걸었다. 엄마는 자다 깬 것 같았다.

"왜 전화했어?"

"밤에 산불 났어."

"근데?"

"우리 동네에 불나서 대피까지 했어."

엄마는 대수롭지 않게 그랬느냐고 대꾸하고는 더 자고 싶은지 전화를 얼른 끊었다. 친구들이 있는 채팅방에서도 간밤에 동해에서 큰불이 났던 사실에 대해서는 아무도 말하지 않았고, 실제로 아무도 모르는 듯했다. 다들 출근하기 싫다는 둥 평소와 같은 일상이었다. 동해 친구만이 밤 동안 '아프리카TV'로 산불 중계를 해서 4만 8000원을 벌었다는 소식을 전해 왔다.

*

동해에 사는 동안 내가 수도권에 살며 당연하게 여겼던 것들에 대해 생각해 보게 되었다. 일단 동해에는 가장 가까운 대도시인 강릉에 가는 교통수단만 해도 선택지가 거의 없다. 고작 삼십 분 정도의 거리인데도(경기도민에게 삼십 분이란 마실 나가는 거리나 다름없다.) 시외버스를 타거나 자차 운전을 하는 수밖에. 시내라고 상황은 다르지 않다. 배차 간격이 한 시간 내지 두 시간인 버스를 전광판도 없이 기다리거나 택시를 타거나 자차 운전을 해야 했다. 그리고 술을 좋아하는 내게 선택지는 거의 한 가지나 다름없었다. 백화점도 없거니와 책을 좀 구경하고 싶어도 그럴 수가 없다. 동해에서 일어나는 일은 뉴스에 거의 나오지 않는다. 지역 신문을 보거나 하지도 않으니 동해에서 일어나는 일은 전부 동해 친구들에게 전해 들어야만 한다.

이상하게 동해에 살면서 나는 이 도시가 더 나아지길 바랐다. 어릴 적부터 살았던 도시에서는 한 번도 그런 식으로 접근한 적이 없었는데 말이다. 동해에서 살기로 한 결정이 오로지 나의 몫이었기 때문일까. 아니면 동해 풍경이 원두막에서 포도를 먹던 유년의 기억을 환기하기 때문일까. 둘 중 무엇인지 몰라도 나는 내가 사랑하는 이 도시를 사람들도 사랑하길 바랐다. 한 커뮤니티에 지방 사람의 설움을 토로하는 글이 올라온 것을 봤다. 댓글을 소리 내어 읽으며 동생과 마주 보고 고개를 끄덕끄덕거렸다. 그 글을 읽은 날에, 어이없게도 동해시장으로 출마하는 꿈을 꿨다. 당선 여부는 알 수 없었다.

의미로부터

동해에 머무는 동안 나는 몇 가지의 즉흥적인 선택을 했다. 그중 하나가 타투였다. 타투를 하고 싶다는 생각은 아주 어릴 때부터 있어 왔고, 내 친구들 대부분이 타투 하나쯤은 있고, 심지어 한 명은 잠깐 타투이스트로 활동하기도 했는데, 그러니까 하나 새길 만도 한 환경인데도 좀체 도전하기가 어려웠다. 도전이 어려운 데는 여러 가지 이유가 있었지만 무엇보다 나를 가로막는 가장 큰 이유는 '의미'였다. 아무래도 몸에 새기는 거고, 또 지워지지 않는 거니까 도안에 특별한 의미가 있어야만 할 것 같았다. 그렇게 SNS로 타투이스트들을 팔로우하며 나도 언젠가는, 이라는 생각만 하며 지낼 때였다.

　그날도 타투이스트들의 작업을 구경하고 있었다. 타투이스트에서 타투이스트로 열심히 페이지를 넘기다가 한 타투이스트의 팔로우 목록에서 트루베르 멤버들을 발견했다. 괜히 신기해서 나는 그 얘기를 나디아에게 전했다.

　"웬 타투이스트랑 너랑 팔로우하고 있더라?"

　"응, 그분 우리랑 아는 사이야."

　"그래? 나 그분한테 타투 받을까?"

　"타투 하게? 그럼 내가 말해 놓을게."

　그렇게 결정하게 된 것이다. 십몇 년 동안의 고민이 무색하게도 말이다. 나는 왼쪽 팔에 커다란 목련을 새겼다. 사실 나는 목련을 별로 좋아하지 않는데, 일단 큰 꽃을 새기고 싶었다. 그리고 하나 더, 그 결정에는 마치 나의 탄생 설화처럼 반복되는 엄마의 이야기가 큰 역할을 했다.

*

    나를 낳은 날, 엄마는 기분이 그렇게 좋았다고 한다. 왜인지 해를 듬뿍 맞으며 산책을 하고 싶었고, 꽃봉오리들을 구경하며 돌아오는 길에는 한 손에 빵 봉지를 들고 폴짝폴짝 뛰었다고. 저녁이 되자 낮 동안의 충만했던 기분은 사라지고 설상가상으로 아빠와 싸웠다고 한다. 토라져 앉아 있는 엄마에게 아빠는 "오줌 싼대요!"라며 놀렸고, 엄마는 아빠의 철없음에 다시 한 번 놀라며 양수가 터졌으니 병원에 가야 한다고 말했다. 그제야 아빠는 조용해졌다.

    그날은 밤새 태풍이 몰아쳤다고 한다. 의사는 제왕 절개를 해야 한다고, 애가 거꾸로 들어서 있다고 말했고, 엄마는 수술비가 없으므로 일단 낳아 보겠다고 대답했다. 그리고 다음 날 아침, 의사를 보자마자 빨리 수술해 달라고, 아파 죽겠다고, 그래서 나는 엄마 배에 길쭉한 상처를 남기며 4월 어느 날 오전에 태어나게 되었다. 엄마는 그러면서 말했다.

"너를 데리고 병원을 나서는데, 전날까지는 봉오리였던 목련이 그렇게 환하게 피어 있더라."

그래서인지 엄마는 목련이 움트는 시기가 되면,
"곧 네 생일이네. 그때 말이지 내가 낮부터 기분이 좋아서……"
라는 같은 레퍼토리의 이야기를 반복하곤 한다.

앞서 말했지만 목련과 나를 연관 짓는 가족들 때문에 나는 목련을 좋아하지도 않는데, 목련이 피어 있으면 그것을 유심히 보고는 했다. 그리고 목련이 질 때마다 안타까워했다.

이유는, 너무 안 예뻐서.

피어 있을 때 그렇게 크고 예쁜 목련이 지는 모습은 정말 추했다. 하얗던 꽃잎이 갈변한 채 사람들에게 짓이겨질 때마다 괜히 어떤 예언 같은 것을 듣는 기분이랄까.

그래서 영원히 피어 있는 목련이 하나쯤 있으면 좋겠다고 생각했다. 그것이 많은 꽃 중에 목련을 고른 이유였다.

*

타투는 거의 네 시간 동안 진행됐다. 생각보다 아프지
않아서 나는 넷플릭스를 보다가 졸다가 했다. 타투가 끝
나 갈 무렵엔 p와 m이 왔다. 그들은 내 첫 타투를 기념하
여 스테이크를 썰고 싶다고 했다. 타투 시술을 하고 일주
일 동안 술을 마시지 못한다는 사실을 뻔히 알면서 그들
은 나를 앞에 두고 수제 맥주와 양갈비 스테이크로 기분
을 냈다.

첫 타투를 한 지 딱 한 달이 되었을 때, 나는 두 번째 타
투를 하기로 결심했다. 하나를 하고 나니 다른 곳이 비어
보이는 느낌. 리터칭할 곳은 없는지, 두 번째 타투는 어
디에 할지 상담하러 타투이스트를 만난 날, 나는 민경 언
니 그리고 트루베르 멤버들과 함께 타투숍에 갔다. 우리
는 아직 작업 중인 타투이스트를 기다리며 하고 싶은 도
안을 하나씩 정했다. 도안을 정하는 데는 큰 의미 따윈
없었다. 민경 언니는 사주에 불이 부족하다며 불구덩이

를 새기고 싶다고 했다. 피티컬 님은 목에 트루베르라고 새기고 싶다고 했고, 나디아는 그런 우리를 보며 언젠가 단체로 꼭 하러 오사고 얘기했다.

타투이스트의 작업이 끝나고, 내 타투의 발색도 확인하고, 훗날 받을 타투 도안에 대해 잠시 논의도 한 뒤 우리는 다 같이 저녁 식사를 하러 갔다. 불과 얼마 전까지만 해도 모르던 사람들이 모여서 양꼬치를 먹고 있는 모습이 웃겨서 술이 자꾸 들어갔다. 불가해한 순간들, 의미 없는 만남. 삶이 고작 그런 것들로 구성된다는 사실을 견딜 수 없던 때가 있었다. 하지만 이왕 태어난 김에, 즉흥적으로 타투도 해 버렸고, 어쩌다 동해까지 내려가서 이렇게들 만나 웃고 있지 않나, 를 생각하면 삶이 고작 그런 거라서 다행이다.

둘이 꾼 꿈

-내가 기억하는 최초의 꿈

크루즈 여행을 하는 꿈을 꿨다. 크루즈 여행이라는 단어는 분명 고급스러워 보이는데 꿈의 내용은 전혀 그렇지 못했다. 나는 엄마와 m과 같이 크루즈를 타고 있었다. 꽤 긴 여행을 했던 것 같다. 그러는 사이 엄마가 마약에 중독되어 버렸다. 나는 정신을 차리지 못하는 엄마를 끌고 m을 찾아 나섰다. 겨우 찾아낸 m은 만취해 있었고 나를 보자마자 토했다. 나는 한쪽엔 엄마를, 다른 쪽에는 m을 끼고 크루즈에서 내렸다. 눈앞에는 온천이 펼쳐져 있었다. 엄마와 m을 온천에 넣자 둘은 갑자기 멀쩡해졌고 나는 안도하며 잠에서 깨었다.

거의 매일같이 꿈을 꾼다. 자다가 화장실에 자주 가는 날에는 깰 때마다 꿈을 꾸고 있어서 하룻밤 사이에 여섯 번의 꿈을 꾼 적도 있다. 꿈을 많이 꾸는 사람은 잠을 제대로 못자는 거라는데, 그래선지 나는 잠도 정말 많이 잔다. 하루에 스무 시간을 잔 적도 있다. 스무 시간씩 거의 한 달을 내리 잤다. 그때 어떻게 지냈는지는 거의 기억나지 않는다. 수많은 꿈들도, 모두 기억나지 않는다. 꿈이란 쉽게 휘발되는 것. 근사한 기억들처럼, 아무리 생생했던 꿈이라도 단순한 이미지로만 남게 되는 순간이 온다.

그러니까…… 사실 나는…… 최초의 꿈이 무엇인지 모르겠다.

자면서 꾸는 꿈 외에 실현하고 싶은 꿈조차도 매일 바뀌는 사람이 나다.

근데…… 다른 사람들은 그걸 기억하고 있나? 나는 나의 작디작은 표본 집단에게, 내가 받은 이 질문을 들려주었다.

"너 최초의 꿈이 뭔지 기억나?"

그러자 친구가 대답했다.

"저번에 말해 줬잖아."

"……언제? 설마 저번에 우리 술 마셨을 때?"

"뭐야. 진짜 기억 안 나?"

"……나 그날 필름 끊겼어."

어쨌든 내가 물어본 사람들은 모두 최초의 꿈을 기억하고 있었다. 사람들 기억력이 이렇게 좋을 수가. 나의 경우, 최초의 꿈이라기보다는 몇 번이고 반복해서 꾸었던 꿈이 있다. 어릴 때는 자주 꾸다가 중학생 때부터 드물게 꾸기 시작해서 성인이 되고 나서는 한 번도 꾸지 않은 꿈이다. 내용은 이렇다.

엄마가 사라진다. 나는 사라진 엄마를 찾아서 온 세계를 뒤지고 다닌다. 결국 찾아낸 엄마는 마녀에게 잡혀 있다. 엄마는 마녀의 거대한 솥에 들어가기 직전이다. 마녀가 엄마의 손가락을 하나씩 하나씩 자른다. 엄마는 수프가 되고 만다. 나는 마녀의 솥 앞에서 울다가 깬다.

자꾸 같은 꿈을 꾼다고 엄마에게 얘기한 적이 있다. 엄마는 별일 아니라는 듯, 나도 어릴 적엔 엄마가 잡혀 가거나 변을 당하는 꿈 많이 꿨어, 라고 대꾸했다. 그러고 보니 친구들이 말해 준 최초의 꿈들도 모두 가족과 관련된 꿈이다. 친구 하나는 어릴 적에 부모님이 공장을 운영하셨는데, 그 때문인지 프레스기에 손이 찍히는 꿈을 자주 꿨다고 한다. 또 다른 한 명 K는 온 가족이 삼촌의 엘란트라를 타고 자꾸 절벽으로 떨어지는 꿈이 최초의 꿈이라고 했다.

그런 얘기를 하다가 우리는 과연 그 꿈들이 최초가 맞는지 의문을 가지기 시작했다.

다시 원점으로 돌아온 셈이다.

최초의 꿈을 들려주었던 친구들도 결국엔 그게 최초일 리가 없다며 자신 없는 모습이었다.

그래, 그렇다니까. 근사한 기억들조차도 단순한 이미지로 남게 된다고…….

그러니까, 그냥 근사한 꿈에 대해 말해 보면 어떨까, 라고 나는 생각한다.

　　그리고 그것에 대해 생각하다 보니 동생과 동해에서 같이 산 지 얼마 안 된 어느 날 아침의 풍경이 떠올랐다. 심지어 그날 꿈을 꾼 사람은 내가 아니라 동생이다.

　　그 무렵 나는 점점 잠이 줄고 있었다. 일찍 일어나서 오늘은 뭘 하며 하루를 보내야 할지 생각할 지경이었다. 잠이 줄자 하루가 길어졌다.

　　그날도 어김없이 일찍 깨어나서 아직 자고 있는 동생 곁에서 휴대폰을 보고 있을 때였다. 동생이 잠든 채로 희미하게 웃기 시작했다. 처음에는 좀 무섭기도 했는데 웃고 있는 동생을 보자니 무슨 꿈을 꾸는지 궁금해서 견딜 수가 없었다. 나는 결국 동생을 흔들어 깨웠다.

　"제발 무슨 꿈꾸고 있는지 말해 줘."

　　동생은 꿈속을 헤매느라 정신이 없어 보였다. 그러다

현실에 의식이 닿을수록 점점 크게 웃어 대기 시작했다. 그 모습을 바라보다 무슨 꿈인지 듣지조차 않았는데 나도 모르게 웃음이 터져 버렸다. 그렇게 우리는 바닥을 뒹굴면서 숨도 못 쉬고 웃었다. 동생은 웃느라 꿈 얘기는커녕 단 한 마디도 내뱉지 못했고, 어느새 해가 떠서 방 안은 환했고, 고양이들만 멀찍이서 우리를 바라볼 뿐이었다.

그렇게 한바탕 웃고 나서야 동생이 겨우 꿈 얘기를 해 줬다. 꿈의 특성상 개연성이 하나도 없었고, 별로 웃긴 내용도 아니었다. 그래도 우리는 계속 깔깔대며 웃었다. 그냥 웃고 있는 상황 자체가 웃겼다. 세상에서 할 수 있는 일이 오직 웃는 것밖에 없는 듯했다. 우리는 일어난 김에 아침을 차려 먹었다. 밥을 먹으면서도 웃고, 설거지를 하면서도 웃었다.

우리는 동해에서 돌아온 지금까지도 그날의 이야기를 하면 무조건적으로 웃는다. 사실 방금도 동생에게 그 꿈을 꾼 날에 대해 쓰고 있다고 얘기했더니 미친 듯이 "ㅋㅋㅋ"을 찍어 답장을 해 왔다.

그날의 꿈은 색까지 기억날 정도인데, 그 꿈을 꾼 사람이 내가 아니라는 것이. 그날의 기억은 언제든 우리를 웃게 하는데, 우리 외에는 그 누구도 함께 웃을 수 없다는 것이. 그래도 그런 근사한 기억을 우리가 나눠 가져서 언제고 웃을 수 있다는 것이.

최초는 아니어도 참 근사한 꿈이었어, 주현아.

전쟁이 나면 은선이네로

어제는 동생과 은선이네 집에 가서 저녁을 먹었다. 은선은 불고기와 선짓국을 메인 요리로 해서 각종 밑반찬과 쌈 채소를 차려 주었다. 동생은 내가 선지를 못 먹는다는 사실을 폭로했고, 은선은 지현이가 생각보다 못 먹는 게 많네, 라고 말했다. 그 말을 들은 여섯 살 난 은선이 아들이 선지를 포크로 찍어 들고 난 잘 먹는데, 라고 말해서 우리는 다 같이 수저를 내려놓고 칭찬의 박수를 보냈다.

매일같이 배달 음식만 먹다가 오랜만에 먹은 집밥은 정말 맛있었다. 같은 메뉴여도, 아니 양념까지 다 된 음식을 사 와서 그냥 볶기만 해도, 해 먹는 밥이 조금 더 맛있는 것 같다. 나는 밥을 두 그릇이나 먹었고 배가 불러서 한참 동안 앉지도 못했다.

은선과는 2007년에 만났다. 우리는 같이 스터디를 했는데, 스터디 이름이 '시집 백 권만'이었다. 방학 한정 스터디로, 방학 동안 시집 백 권을 읽어 보자는 취지였다. 지금도 그런지 모르겠는데 내가 다닐 때 우리 학교는 '시 창작 수업'이 전공 필수 과목이었다. 학교에 입학하기 전 읽은 시집이라고는 『그 여름의 끝』이 다였던 나는(그나마도 좋아하던 사람에게 '있어 보이는' 선물을 하려고 샀던 것이었다.), 시집을 백 권 정도 읽으면 시를 잘 쓸 수 있지 않을까 하는 생각에서 그 스터디에 들었다. 나는 중간중간 못 읽어 간 시집도 있었는데 은선은 정말 열심히 읽었다. 은선은 시집 외에 다른 책도 정말 많이 읽었다. 세상에 자기가 안 읽은 책이 있다는 게 싫다고 했다. 나는 그 말에 왠지 자극을 받아서 책을 많이 샀다. 그러고는 서문만 읽고 그대로 꽂아 놓았고, 그 책들은 왜인지 여전히 읽지 않은 채다. 지금도 은선의 집에 놀러 가서 책장을 구경하면 은선은 정말이지 즐거워 죽겠다는 표정으로 이 책 읽었어? 하며 책을 하나 꺼내 준다. 같이 그 책에 대해 말하며 같이 수다 떨고 싶은데, 나는 보통 은선이가 재밌게 읽은 그 책을 안 읽었다. 그러면 은선은 내게 그 책을 빌려준다. 은선은 영화와 드라마도 진짜 많이 본다. 예전에 누군가 내게, 옛날에 태어났으면 너는 이야기꾼 불러다가 이야기를 듣느라 재산을 탕진했을 거야, 라고 한 적이 있다. 나는 그 얘기를 은선에게 똑같이 돌려준다.

*

나는 아직도 그 시절 은선이 썼던 시의 이미지를 기억한다.

사랑에 빠진 두 해골들이 숲을 뛰어다니는 이야기로, 해골들은 비어 있는 서로의 눈구멍을 사랑스럽게 찌른다. 그게 해골들의 사랑을 말하는 방식이다.

　은선이 동해에 온 것은 갑작스러웠다. 사실 그 무렵 우리의 관계는 소원해져 있었다. 소원했던 건 내가 은선에게 미안한 일을 저질렀기 때문이다. 나는 은선의 결혼식에 가지 않았다. 가지 못한다고 문자 한 통 보내지 않았다. 왜 그랬는지 모를 일이다. 그 뒤로 은선은 아이를 출산했고, 아이를 키웠고, 그러는 동안 나는 은선을 찾지 않았다. 우리는 몇 년간 서로가 어떻게 살아가고 있는지 몰랐다. 그러다 한 출판사 송년회에서 은선을 다시 보게 되었다. 우리는 가벼운 인사를 나눴는데, 은선이 너무 슬픈 표정으로 나를 보아서 나는 며칠 동안 은선의 생각만 했다. 그렇게 며칠을 고민하다가 은선에게 연락했고, 우리는 은선의 아이가 어린이집에 간 사이 밥을 먹기로 했다. 음식점은 은선이 어릴 때부터 다니던 곳이라고 했다. 불고기와 냉면을 사이에 두고 우린 밀린 이야기를 했다. 나는 결혼식에 못 가서 미안하다고 사과부터 했다. 은선은 오히려,

"네가…… 일상생활이 불가능할 정도로 우울한 건 아닌지 걱정했어."

라고 말해 주었다.

그즈음 생각보다 우리는 잘 지내지 못하고 있었다. 우리의 이십 대는 끔찍하고 무력했다. 삼십 대는 더 나을까, 그런 이야기를 하며 헤어졌고, 삼십 대가 된 내가 동해에 올 때까지 우리는 아주 가끔만 연락했다.

그런 은선이 내 카톡을 찾을 수가 없다며 트위터로 DM을 보내온 것은 새벽이었다. 동해에 내려온 지 이제 막 두 달 정도 되었을 무렵이었고, 급박하게 DM을 보낸 것치고는 "네가 전에 갔다던 점집 어디였지?"라는 일상적인 내용이었다. 트위터를 잘 하지 않아서 확인을 늦게 했고, 은선은 이미 전에 메모해 둔 것을 찾았다고 답한 상태였다. 나는 습관처럼 언제 한번 동해에 놀러 오라는 이야기를 했다. 그러면서 자연스레 은선과 서울에서 만날 약속을 잡고 있었는데, 뜬금없이 은선이 "지금 갈까?"라고 했다. 나는 얘가 지금 내가 서울에 있다고 착각하는구나, 생각하며 "나 지금 동해야?"라고 답했다. 은선은 아랑곳없이, "알아. 너만 괜찮다면 지금 출발할게."라며 지도를 찍어 보내왔다. 지도에 찍힌 시간은 두 시간 반. 그로부터 두 시간 반 뒤에 은선은 상자 하나를 가지고 동해에 도착했다. 상자에는 술을 비롯하여 각종 안주와 라면까지, 1박 2일 음주 풀코스 메뉴가 들어 있었다.

그렇게 우리는 밤새 술을 마셨다. 누구 욕을 했다가, 누구 칭찬을 하다가, 부둥켜안고 울고, 방바닥을 구르며 웃었다. 그리고 베란다에서 일출을 보았다. 우리는 베란다에 서서도 한참을 이야기했는데, 모두 기록할 수 없어서 아쉽다. 한 가지 장면은 쓸 수 있다. 은선은 바다를 보면서 「봄날은 간다」를 불렀는데, 가사를 "봄은 또 오고 꽃은 피고 지고 또 피고 지고……"라고 부산스럽게 바꾸어 불렀다. 나는 "꽃이 참 바쁘네……"라고 말해 주었다. 은선이 웃다 말고 "최근 있었던 일 중에서 가장 모험 같고 즐겁다."라고 말했을 때 괜히 동해에 살고 있음이 자랑스러웠던 기분이, 섀시에 팔꿈치를 얹고 있던 그 차가움과 함께 생생하다.

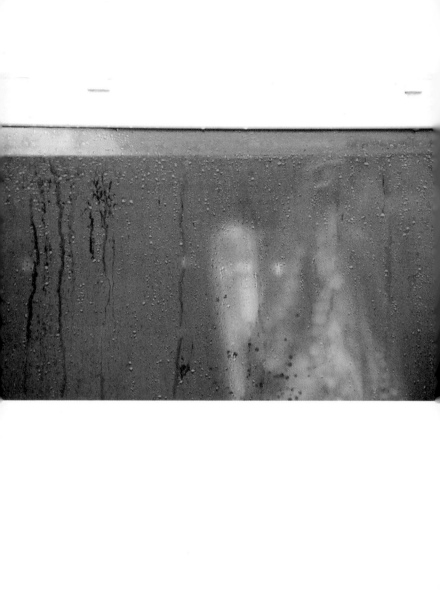

은선은 그 뒤로도 될 수 있으면 동해에 자주 왔다. 여름에는 아이를 데리고 와서 함께 해수욕을 하기도 했다. 해수욕장이 폐장할 시간이면 아이는 바다에서 해변으로 물을 퍼 날랐다. 그걸 무한히 반복하다가 문득 "어, 물이 닿으면 모래가 까매져."라고 중얼거렸는데, 누군가가 세상에 대해 처음으로 알게 되는 순간을 관찰하는 즐거움이 이런 것임을 나는 어렴풋이 알게 되었다. 우리는 아이가 파도를 피해 뛰어다니는 모습을 보고 앉아서 이런 이야기도 나눴다.

　"나 아는 분이 그러는데 사십 대는 더 낫대."

　"그래? 우리 그럼 사십 대까진 살아 보자."

　물에서 하루 종일 놀면 아이는 금세 곯아떨어졌다. 그때부터는 우리 시간이었다. 은선이 올 때마다 음식을 한 상자씩 들고 와서 메뉴는 항상 다채로웠다. 닭볶음탕, 김치찌개, 김치볶음밥, 카레……. 동생과 나는 은선이가 돌아가고 나서도 한참을 잘 먹고 지낼 수 있었다. 우리의 큰손, 백은선.

*

어제 은선이네 집에서 저녁을 먹고 이것저것 치우면서 냉장고를 열었는데, 먹을 것이 한가득했다. 요즘 혼자 지내는 나는 가득 찬 냉장고가 신기해서, 우와 핫도그, 우와 장아찌, 우와 연어, 하면서 계속 감탄했다. 동생이 다 먹은 그릇을 정리하다 말고 "난 전쟁 나면 은선이 언니네로 올래."라고 말했다. 나의 텅 빈 냉장고를 생각해 보니 나도 그래야 할 것 같았다. 은선은 웃으면서 "그래, 다들 전쟁 나면 우리 집으로 오라고. 몇 달은 먹고 살 수 있을걸?"이라고 말했다.

사랑에 빠진 해골들은 서로의 빈 눈구멍을 찔러 주고, 사랑에 빠진 우리들은 서로의 허기를 채워 준다.

그러니까 우리는 전쟁이 나면 은선이네로.

빠이빠이, 손을 흔드는

자취방의 에어컨에서 물이 뚝뚝 떨어진다. 이 건물
은 2004년에 지어졌고, 옵션으로 달린 가전제품도 모두
2004년식이다. 이사 온 지 며칠 안 되어 나는 세탁기의
하자를 발견했다. 탈수가 되어야 할 때 물이 가득 찬 채
로 멈춰 버리는 증상이었다. 혹시나 하고 세탁기 앞에 달
린 배수 호스를 열어서 분리수거를 하려고 놔둔 이 리터
페트병을 받쳤다. 페트병 안에 물이 차는 동안 세탁기는
다시 돌기 시작했다. 페트병 두 개를 번갈아 가며 물을
받고 비우고 받고 비우고, 그렇게 탈수가 되는 십이 분
동안 세탁기 앞에 앉아 있었다.

그 후로도 세탁기는 자주 멈췄고, 나는 그때마다 페트병을 들고 세탁기 앞에 앉아서 그의 탈수를 도왔다. 2020년에 세탁기와 함께 세탁 협업을 하다니, 이게 무슨 일인가 생각하면서도, 2020년에 역병이 돌리라고 아무도 생각하지 못했으니까, 역시 인생은 예측 불허⋯⋯를 중얼대며 세탁기 앞에 쪼그리고 앉아 탈수된 물을 받고 있는 것이었다.

작업실에 놀러 와서 내가 세탁기와 협업하는 모습을 본 친구들은 집주인에게 어서 말하고 고치라고 성화였다. 나도 머리로는 알고 있었다. 집주인에게 고장 났다는 전화를 하고, 수리 기사를 부르고, 금액을 청구하면 되는 일이다. 근데 정말 말하기가 귀찮고 아쉬운 소리를 하기도 싫었다. 집주인에게 세탁기가 고장 났다는 말을 하기까지 오 개월이나 걸렸다.

그렇게 세탁기를 고치고 한 달 뒤, 더워서 에어컨을 켰더니 물이 뚝뚝 흐르는 것이다. 이번엔 집주인에게 호소하지 않고 바로 수리 기사를 불렀다. 에어컨이 낡은 탓이라 새로 사야 한다고 했다. 집주인에게 그 말을 또 못 해

서 일단은 바닥에 걸레를 깔아 두고 지냈다.

*

동해에 있을 때 에어컨 배관이 삭아서 베란다에 물난리가 났다. 여름휴가철에만 집을 이용하는 아랫집이 오랜만에 왔다가 베란다 천장에서 물이 샌다고 동생과 나를 불렀다. 우리는 빠른 시일 내에 배관을 고치겠다고, 혹시 천장에 이상이 생기면 변상하겠다는 이야기를 나누고는 에어컨 수리 기사를 불렀다. 때는 이상 기온의 2018년 여름. 수리 기사는 예약이 꽉 차 있어서 이 주 뒤에나 올 수 있다는 말을 전했다. 동생과 나는 하는 수 없이 이 주 동안 배관 아래에 큰 플라스틱 대야를 받쳐 두기로 했다. 어느 정도 물이 찼다 싶으면 그걸 화장실에 버렸다.

그 와중에 나디아네 부부와 피티컬 님이 동해에 놀러왔다. 우리는 폭염의 바다에서 신나게 놀았다. 돌아오는 길에는 여느 때처럼 묵호항에서 회를 떴고, 지쳐서 집에 돌아왔다. 한상 푸짐하게 차려 놓고 앉아서 이런저런 이야기를 나눴다. 나는 그날 나디아의 남편을 처음 봤고, 어색해서 자꾸만 말을 걸었다. 알고 보니 우리의 음악 취향은 비슷했고, 비슷한 시기에 홍대에서 활동하던 밴드의 공연을 자주 보러 다녔다. 그런데 이야기가 무르익어 재미있어질 때마다 나는 베란다로 가서 물을 비워야 했다. 대야를 들고 나오는 모습을 보고는 다들 그게 뭐냐고 물었고, 사정을 설명하며 집이 낡아서 수동으로 해야 하는 일이 많다고 얘기하자 다들 웃었다. 나중엔 피티컬 님이 알아서 대야를 비워 주었다. 밤새 술을 많이 마셨다. 웃기도 많이 웃었다. 잠들기 전에는 누군가 몸이 쑤신다고 말했고, 나디아의 추천에 따라 다들 요가를 했다. 나는 나디아 부부가 엉덩이를 나란히 추켜올리는 동작을 취하는 모습을 휴대폰으로 찍었다.

　다음 날 아침 나는 토할 것 같은 상태로 깨어났다. 나디아 남편분이 화장실에 있었고, 결국 나는 참지 못해서 싱크대에 토했다. 피티컬 님은 밤새 에어컨을 틀어 놔서

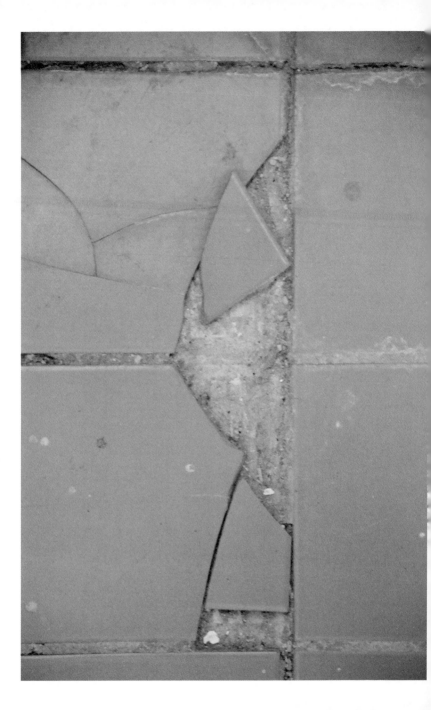

물이 가득 찬 대야를 가지고 화장실로 향하고 있었고, 내가 토하는 소리를 들은 나디아 남편분이 "지현 씨, 괜찮아요?"라면서 화장실에서 나오다가 변기 위 수납장에 머리를 박고 주저앉았다. 그리고 그 순간, 피티컬 님이 물이 넘칠까 봐 아주 조심스레 들고 오던 플라스틱 대야의 바닥이 반으로 갈라졌다. 싱크대에 토한 사람, 수납장에 머리를 박고 주저앉은 사람, 들고 있던 대야가 갑자기 가벼워진 사람, 셋은 멍하니 서로를 바라보았고…… 술이 덜 깬 나는 이렇게 중얼거렸다.

"대환장 파티……"

잠시 후 나디아와 동생이 깔깔대기 시작했다. 그걸 시작으로 모두가 정신없이 웃었고, 물바다가 된 방바닥을 닦으면서도 웃음은 멈추지 않았다. 그날 내내 속이 안 좋았던 나를 위해 피티컬 님은 라면을 끓여 주셨다. 처음 만난 날에도 숙취로 어쩔 줄 모르는 내게 라면을 끓여 주었는데. 나는 그걸 후룩후룩 잘도 먹었다.

*

　어느 날 서울에서 일이 일찍 끝났고, 갑자기 피티컬 님이 근처에 산다는 사실이 생각나서 무작정 전화를 했다. 우리는 캠핑장처럼 꾸며진 곳에서 맥주를 몇 잔 마셨다. 카디건을 입었던 기억으로 봐서는 봄에서 여름으로 넘어가던 시기인 것 같다. 나는 피티컬 님에게 계속 말을 놓으라고 했고, 피티컬 님은 싫다고 했다. 우리는 서로의 근황을 주고받다가 자연스레 대야가 깨지고 내가 토했던 그날의 이야기를 하게 되었다. 피티컬 님은 바다를 보러 가고 싶다고 했다. 언제 또 가자고, 그랬다. 차가 끊길 시간이 되어 자리에서 일어났고, 갈림길에서 피티컬 님이 손을 흔들어 주었다. 조금 더 가다가 뒤돌아봤는데도 그대로 손을 흔들고 있었다. 나도 마주 손을 흔들었다. 빠이빠이.

　마지막으로 피티컬 님을 본 것은 세브란스 병원에서였다. 그사이 코로나 때문에 우리 모두 몇 달간 만나지도 못했다. 병실에 들어가기 전에 우느라 말을 못할까 봐 나는 미리 약을 좀 먹었다. 그래도 막상 누워 있는 피티컬 님을 보자니 눈물부터 났다. 아무 말도 나오지 않아서 턱이 아팠다. 피티컬 님의 어머니가 내게 두유를 하나 주셨다. 무슨 말을 하면 좋을지 몰랐다. 두유를 든 채 나도 모르게 거짓말을 했다.

　"동해 아파트 안 팔리면 피티컬 님이 사 주기로 했잖아요."

　그러자 피티컬 님이 갑자기 눈을 뜨고 나를 바라보았다. 눈이 마주쳤다. 그 사실이 기뻐서 나는 거짓말을 더 했다.

　"『동해 생활』책 나오면 백 권 사 준다고 했잖아요."

　실제로 우리가 그런 약속을 한 적도 없는데 피티컬 님은 천천히 고개를 끄덕거렸다. 나디아가 어느새 옆에 서서,

"사기 치는 거야?"

라며 내 어깨에 손을 올렸다. 면회 시간은 짧았고, 피티컬 님은 손을 들어 올려 빠이빠이를 해 주었다. 내가 울지 않았다면 우리의 마지막 대화는 더 길었을까. 그러고 이틀 뒤, 우리는 영영 볼 수 없게 되었다. 이틀 뒤에 세상을 떠날 사람이 손을 흔들며 인사해 줄 수 있는 것일까, 나라면 할 수 있었을까, 나는 내내 그것이 궁금했다. 장례식장에 다녀와서는 초가 많이 달린 샹들리에가 머리 위에서 핑핑 도는 꿈을 꾸었다. 그것이 떨어질까 봐 나는 자꾸 잠에서 깼다.

*

더 슬픈 이야기를 할 수도 있지만, 이건 에어컨이 고장 난 이야기니까, 그만두기로 한다. 2004년식 에어컨 밑에 앉아서 나는 떨어지는 물을 닦는다. 살아 있어서 해야 하는 일들에 대해 생각한다. 설거지를 하고 빨래를 하고 그걸 또 개키고. 계절이 지나면 겨울옷을 정리하고 여름옷을 꺼내고. 세탁기와 에어컨을 고치고. 그러다 결국 고치지 못한 에어컨에서 떨어지는 물 때문에 가구 배치를 바꾸고. 가끔은 건강 검진도 받고 또 자주 글을 쓰고. 술을 먹고, 다음 날 라면도 끓여 먹겠지.

그해 동해 집의 에어컨 배관은 말끔히 고쳐졌다.

그리고 아무래도 난 올여름 내내 에어컨 아래에서 물을 닦아 가며 지낼 것 같다.

마지막 이벤트

동해를 떠나기 전 동해 친구들은 우리에게 큰 이벤트 두 개를 마련해 주었다.

하나는 삼척 MBC에 다니는 친구의 섭외로, 동생과 함께 강원 MBC 프로그램 「보라보라」에 출연하게 된 것이다. 작가와 한차례 미팅을 하며 우리는 물었다.

"작가님, 근데…… 저희 뭐로 출연하는 거예요?"

"동해 사는 자매요."

"그런 걸로도 출연할 수 있어요?"

"아유, 저번 주는 취준생 특집이었는걸요."

"그분들은 그냥 취준생이었어요?"

"네, 제가 아는 취준생……"

그 뒤 대본을 받고 첫 문장을 읽었는데, '아니, 연고도 없이 동해에 내려와서 사는 자매가 있다고요?'라고 적혀 있어서 동생과 한참을 웃었다. 동해에 산다는 이유만으로 방송에 나가다니. 동해에 사는 것이 이제는 너무나 일상에 불과했음에도, 그런 순간이면 문득문득 특별하게 느껴졌다.

촬영 당일, 동생은 아침부터 방송 메이크업을 받을 기대에 부풀어 있었다. 나는 딱 한 번 패션 잡지 인터뷰를 한 적이 있는데(지금은 폐간되었다.), 그때 별로 드라마틱하지 않았던 기억이 있어서 동생에게 내내 별 기대를 하지 말라고 당부했다. 그래도 동생은 남이 화장을 해 주다니, 방송국에서 화장이라니, 중얼거리며 전날 밤에 눈썹을 깎고 잔 것이다.

촬영장에 도착해서, 복도 중간에 뭔가 틈처럼 생긴 공간으로 안내받았다. 그곳이 메이크업실이라고 했다. 안으로 들어가니 엄마와 연배가 비슷해 보이는 아주머니가 계셨다. 안 그래도 추운 날이었는데 히터가 없어서 발 난

로 하나에 의지해야 하는 공간이었다. 내가 먼저 메이크업을 받기로 했고 동생은 옆에서 구경하다가 춥다고 자리를 떠났다. 아주머니와 나, 둘만 남았고 어색해서 숨막히는 공간에서 아주머니는 내 얼굴에 파운데이션을 몇 겹이나 바르더니, 갑자기 천천히 입을 열었다. 무슨 말이 나올지 긴장했고, 아주머니의 말이 끝나자마자 나는 당황했다.

"어머. 아이라인, 마스카라, 다 놓고 왔네."

"네? 그럼 어떡해요?"

"그러니까. 어떡하지? 화장품 챙겨 온 거 없어요?"

"저야 없지요……"

"어떡한담, 어떡한담."

아주머니가 패닉에 빠져 있을 동안 나는 동생과 담당 작가에게 전화를 걸었다. 다행히 담당 작가가 화장품 몇 개를 가지고 있어서, 허겁지겁 화장품을 가지고 메이크업실로 와 주었다. 뭔가 더 이상 아주머니를 믿을 수가 없어서 아이라인과 마스카라는 내가 스스로 그렸다.

촬영 중엔 그냥 뇌가 멍하도록 떠들어 댔던 기억, 그리

고 뭔가 직급 높으신 분이 구경 왔다가 우리보고 너무 웃
기다며 5만 원을 주고 가셨던 기억이 있다. 촬영이 끝나
고 동생과 나는, 삼척에서 유명하다는 물닭갈비를 먹었
다. 스태프들이 추천해 준 곳이었다. 촬영 중에 말을 너
무 많이 한 탓에 단 한 마디도 하지 않고 집에 돌아와서
바로 씻고 기절하듯 잤다.

✳

　친구가 마련해 준 다른 이벤트 하나는 플리마켓 참여
였다.
　"거기서 내가 뭘 팔아?"
　라고 묻자 친구는 어이없다는 듯,
　"책 팔아야지!"
　라고 답했다. 나는 출판사를 통해 저자 할인을 받아
서 내 책 스무 권을 샀다. 항상 플리마켓에서 물건을 팔
아 보는 것이 로망이라고 말해 왔던 m도 불렀다. 뭔가 매
대를 좀 꾸미거나 해야 할 것 같은 마음에 책 표지를 뽑

앉는데, 흑백 프린터라서 좀 없어 보였다. m과 동생, 그리고 잠시 와 있던 동생의 애인에게 색연필을 쥐어 주곤, A4 용지에 인쇄된 『이를테면 에필로그의 방식으로』 표지를 색칠하라고 했다. 싫다더니 다들 열심히 칠했고, 내가 바스키아를 표절(?)하자, 동생 애인은 반 고흐의 「별이 빛나는 밤」을 내 책 표지 위에 그렸다. 우리는 작은 탁자에 모여 앉아 각자의 방식으로 표지를 채색했다.

다음 날 동해시 이마트 주차장 한쪽에 자리를 펴고 책을 팔기 시작했다. 주어진 시간은 11시부터 3시까지, 단 네 시간. 과연 책을 얼마나 팔 수 있을까. 우리 맞은편 테이블은 '딸기엄마'라는 매대로, 스카프를 판매하는 듯 보였다. m과 나는 돌아다니는 사람이 하나도 없는 주차장에서, 하필 또 파는 물건이 책이라 긴장하고 있었다. 그러는 와중에도 '딸기엄마'는 전혀 조급해하지 않고 간이 의자에 앉아서 챙겨 온 전기난로를 쬐고 계셨다. 그녀는 느긋하게 핸드크림을 꺼내 바르며 휴대폰으로 무슨 영상을 보았다. m과 나는 그녀가 정말 베테랑 같다고 느끼며

견제했다.

　　점심시간쯤 되자 사람들이 좀 있었다. 나는 이마트 시식 코너에서 호객을 하던 솜씨로 내 책을 홍보하기 시작했다.

　　"연말엔 책과 함께! 작가가 직접 사인해 드려요!"

　　사람은 여전히 없었고…… 안 그래도 불안한데 m이 내 귀에 속삭였다.

　　"딸기엄마, 개시하려고 해……."

　　우리는 숨을 죽이고 '딸기엄마'를 주시하다, 저 멀리서 사람들이 바글대는 매대를 발견했다. 나는 m에게 뭘 팔기에 저렇게 사람이 몰려 있는지 보고 오라고 시켰다. 그 사이 나도 개시했다. 나는 너무 기쁜 나머지 인터넷 서점 가격보다 더 할인해 주었다. 사인에 '동해 이마트에서'라고 남겨야 하나 고민하는 사이, m이 말린 오징어를 사 들고 돌아왔다.

　　"그게 뭐야?"

　　"저 바글대는 매대, '찡어오빠'라는 곳인데, 나도 하나

254

송지현 작가

파트라슈

이를테면
에필로그의
방식으로

이를테면
에필로그의
방식으로

이를테면
에필로그의
방식으로

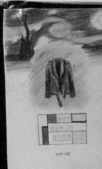

이를테면
에필로그의
방식으로

샀어."

그 뒤로 다른 매대에서 소떡소떡과 컵밥을 사서 끝없이 계속 먹으며 책 판매 수입보다 간식값을 더 많이 쓰는 기염을 토했다. 책이 적게 팔린 것은 결코 아니었다. 네 시간 동안 나는 열두 권이나 팔았다. 나는 m에게 말했다.

"광화문 광장에 책상 하나 펼쳐 놓고 내 책 팔면 잘 팔리지 않을까?"

m이 오징어를 씹으며 고개를 끄덕거렸다.

플리마켓을 마치고 이마트에서 술을 좀 샀다. 와인과 맥주, 소주…… 종류별로 술을 사서, 동생을 태운 뒤 m과 셋이 나디아네 집으로 갔다. 나디아는 삼겹살을 구워 주었다. 술을 많이 마셔서 기억은 잘 안 나지만, 그날 일기에 이런 게 적혀 있다.

나디아 남편 일하며 황조롱이 봄.
내가 어떻게 아느냐고 물어봤더니, 딱 보면 황조롱이라고 했다.

뭐 이런 걸 적어 놨는지 모를 일이다…….

　다음 날 안목 해변과 안목 책방을 구경하고 저녁쯤 동해 집으로 돌아왔다. 귀가해서 냉장고를 비우고, 쓰레기를 버리고, 짐을 쌌다. 짐을 내릴 때 왕복 세 번을 오갔는데도 다 옮기지 못했다. 곧 다시 내려와서 못다 싼 짐을 옮기자고 했다. 공황 장애가 있는 두리에게는 미리 진정제를 먹였다.

＊

　그렇게 다시 서울로 돌아왔다. 돌아오는 일이 정말이지 너무나 쉬워서 이상했다.
　그다음 날 본가에서 눈을 떴고, 매일 한 침대에서 자다가 이 년 만에 따로 잔 동생과 나는 어색하게 거실에서 만났다. 카누 커피를 타서 거실 소파에 앉아 마셨다. 소량의 따뜻한 물로 가루를 녹이고, 얼음을 먼저 넣고, 차가운 물을 넣는…… 동해에서도 늘 해 먹던 방식으로. 냉장고를 열어서 먹을 만한 걸 찾고, 대충 끼니를 해결했다. 보리와 두리는 환경이 바뀌어서인지, 또 '하악질'을 하며 내외하고 있었다. 우리는 각자 방으로 돌아가서 누웠다.

동해 생활이 끝났다.

조금 눈물이 날 뻔했는데, 동생이 베개를 들고 내 방으로 들어오며 말했다.

"아우, 혼자 누워 있으니까 적적하네."

"그치, 그치. 어서 와."

나는 벽 쪽으로 붙어서 자리를 마련했다. 싱글 침대는 비좁았지만 우리는 한쪽 다리씩 걸고 누워서 각자 휴대폰을 들여다보았다. 한 시절이 끝나도 그 시절을 함께한 사람은 그대로라서 다행이었다.

동해는 동쪽에 있다

권민경(시인)

사리(송지현의 별명. '송사리'라는 뜻이다.)가 동해에 갔
다. 역마살이라도 있는지 어디론가 멀리 떠나고 싶어 하
던 사리가, 외국엔 가지 못하고 동해로 떠났다. 우리가
자주 만나는 편은 아니었지만 뭔가 섭섭했다. 만나고 싶
을 때 만날 수 있는 곳에 사는 것과 세 시간 반은 차로 달
려가야 하는 곳에 사는 건, 심리적 거리가 달랐다. 친구
몇 없는 나로선 나보다 다섯 살 어리지만 찐친(진짜 친구)
인 사리와 심리적 거리가 멀어지니 허전했다.

*

　송지현을 처음 만난 것은 2006년, 내가 뒤늦게 서울예대 문예창작과에 입학했을 때다. 문예창작과에는 만학도들이 많았다. 스무 살에 학교를 다니는 측이 훨씬 적을 정도였다. 그래서 다른 학교에서 흔히 쓰는 '재수생'이라는 표현이 아예 없었다. 그 대신 '현역'이라는 말이 있었다. 고등학교를 졸업하고 스무 살에 바로 학교에 입학했다는 뜻이었다.

　우리가 학교에 입학했을 때 사리는 '현역'이었고, 나는 스물다섯 살이었다. 둘 다 어렸지만 한 살 나이 차도 크게 느껴지던 시절이었다.

　함께 수업을 듣고 친하게 지내던 무리는 첫 오리엔테이션 때 정해졌다. 오티 때 한 조였던 친구들 중 현역은 두 명 있었는데 사리와 B였다. B는 곧 현역으로 이루어진 다른 무리로 옮겨 갔다. 그 전까지 사리는 B를 짝사랑했다. 사랑이라고 하니 둘 사이에 애달픈 뭔가가 있을 것 같지만 그런 의미는 아니었고, 대학에 와서 처음 알게 된

동갑 친구니 사리는 그와 사귀어 친해지고 싶었던 것이다. 내가 보기에 둘은 잘 맞는 것 같지는 않았다. B는 어른스러운 모습을 보이고 싶어 했고 그에 걸맞게 고루하기도 했다. 사리는 어린애처럼 보였지만, 그답지 않게 외로워 보였고, 또 자유로운 영혼(?)이었다. 사리는 학교에도 잘 안 나왔다. 출석률과 자유로운 영혼의 상관관계는 알 수 없지만, 사리는 자유로운 만큼 학교도 자유롭게 나왔다. 그렇게 드물게 만나더라도 서로 뒹굴며 일 년을 지내다 보니 어딘지 통하는 구석이 있음을 알게 되었고 우린 친구가 되었다. 철딱서니 없고 외롭다는 점이 통했을지 모른다.

*

동해에 간 사리는 내게 종종 놀러 오라고 했다. 나로 말하자면, 큰맘을 먹어야 여행을 가는 타입의 인간이라, 갈게, 가야지 해 놓고 정작 가지는 않았다. 그러다 어느 술자리에서 정말 동해에 갈 약속이 정해졌다.

시를 노래하는 팀 '트루베르'는 글 쓰는 사람들 사이에서는 연예인이었다. 글을 안 쓰는 사람들에게도 그들은 연예인이 맞지만. 문학 행사가 끝난 뒤풀이 자리였는데, 송지현도 동해에서 올라와 참석한 상태였다. 거기서 내가 동해에 놀러 갈 궁리를 했고, 옆에 있었던 트루베르의 피티컬(PTycal, 사리처럼 별명은 아니고 활동명이다.) 오빠, 나디아(역시 활동명. 언제가 술자리 너머에서, 어느 작가들이 초등학교 시절에 방영했던 애니메이션 「신비한 바다의 나디아」의 한국 주제가를 이 나디아 앞에서 부르는 광경을 훔쳐봤던 기억이 있다. 그때는 서로 내외하는 시절이라 훔쳐봤다.)도 여행 삼아 놀러 오라고 말했다. 그 둘은 그러마, 하고 말했고 정말 같이 동해에 놀러 가게 된 것이다. 우린 연예인이 진짜 놀러 올지 몰랐다. 트루베르도 훗날, 낯도 가리고 신세 지는 것도 싫어하는데, 함께 동해에 가게 될 줄은 몰랐다고 했다. 이상한 일이었다.

나는 우리 집 안사람(이름 효, 성별 남, 같은 서울예대 06학번 동기다.)과 함께 고속버스를 타고 성남 기준으로 동쪽으로, 세 시간 좀 넘게 달려 동해 터미널에 도착했다. 송지현과 송주현 자매가 차를 타고 마중 나와 주었다. 송 자매는 마침 동네 동물 병원에 들렀던 길이라 그 집 고양이 두리도 차에 타고 있었다. 그리고 먼저 와 있던 트루베르와도 곧 합류했다.

*

사리는 동해의 해수욕장에 대해 자주 이야기했었다. 우리는 어시장에서 회를 뜨고 이마트에서 장을 본 뒤, 사리네 집 근처 망상 해수욕장으로 갔다. 학부 1학년 때, 망상 해수욕장에서 망상을 한다는 내용의 시를 써서 합평 시간에 욕을 먹은 적이 있었다. 그 망상 해수욕장에 가게 되니 감회가 새로웠다.

6월을 이틀 남긴 날이었는데 아직 추웠다. 날도 흐렸다. 바람까지 몹시 불어서 해수욕장에는 사람이 드물었다. 우린 모래사장에 자리를 깔고 앉아 술을 마셨다. 날

씨가 추울 것을 대비해서 주현이가 빌려준 솔 겸 담요가 큰 도움이 되었다. 추위를 이기고 술을 마실 수 있었다.

우리가 무슨 이야기를 했는지는 기억나지 않는다. 그냥 흐린 해수욕장에 오래 앉아 있다가 사리네 집으로 돌아와서 다시 술을 마셨던 일만 기억난다.

돌아온 우리는 올킬 게임(자신의 특별한 경험을 말하고 똑같은 경험을 한 사람이 있으면 발제자가 술을, 아니면 나머지 모두가 술을 마시는 게임.) 등 온갖 게임을 하면서 역시나 온갖 종류의 술을 마셨다.

게임을 통해 서로 어떻게 살아왔는지 조금은 알게 되었다. 그걸 안주 삼아 술을 마시다 보니 새벽이 찾아왔고 하나둘씩 아무 데서나(물론 송 자매가 잘 봐 둔 잠자리였으나 내 눈에는 아무 데서나) 잠들기 시작했다. 효와 나는 피티컬 오빠 외의 사람들이 잠들었을 무렵 집을 빠져나왔다. 피티컬 오빠가 우리에게 잘 가라는 인사를 했다.

사리의 집은 언덕 꼭대기에 있었으므로 우리는 발가락이 쏠리는 감각을 느끼며, 그곳 명물이라는 벽화 마을을 삼십 분 넘게 걸어서 언덕 밑으로 내려왔다. 편의점

커피를 한 잔 마시고 터미널 쪽으로 조금 더 걷다 보니 첫차가 다니기 시작했다. 우리는 버스를 타기 전 터미널을 잠깐 서성이다가 동서울행 버스에 올라탔다.

그렇게 다시 서쪽으로 달려 서울에 도착했고, 곧 성남 집으로 왔다.

*

나의 첫 동해 방문은 이렇게 끝난다. 한 차례 더 동해에 가긴 했지만 그 이야기는 다음으로 미룬다. 비록 이번 이야기의 내용은 '동쪽에 있는 동해에 갔다가 서쪽에 있는 집으로 돌아왔다'가 전부이지만.

사리는 이제 동해에 살지 않는다. 동해에 사는 동안 내내 사리는 동해보다 더 먼 곳으로 갈 거라 얘기했었다. 정말 그렇게 될까 봐 걱정했는데 사리는 떠나지 않고 서쪽으로 돌아왔다. 물론 그렇다고 해서 사리를 자주 만나지는 않는다. 심리적 거리가 가까움에 만족할 뿐이다.

요약하려니 단순했던 동해 방문은 이제 추억이 되어 버렸다. 사진만이 우리가 거기 갔었다는 증거로 남아 있다. 2020년 5월에 세상을 떠나 두 번 다시 만나지 못할, 피티컬 오빠와의 여행도 그 사진에 담겨 있다.

별것도 아닌 추억들이 별것이 되어 가는 과정을 '우리가 함께 보낸 시간'이라 부를 수 있을 터다. 사리에게 '동해 시절'이 중요한 한 시기가 되어 책에 담기는 것처럼, 나에게도 하나의 포인트가 되어 인생에 콕 박혀 있다. 그리고 동해라는 지역도 사진 한 장처럼 동쪽에 남아 있다. 우리가 언제 또 동해에 가게 될지 모르지만, 동해가 여전히 동쪽에 있다는 사실을 생각하면, 어딘지 심리적 거리가 좁혀지는 기분이다.

모두 떠나지 말고 거기 있어 줘요. 원래 있었던 그곳에. 그렇게 말하고 싶은, 나는 어른이 되지 못한 외로운 사람이다. 송지현 또한 그렇기 때문에 우리는 찐친이다.

동해가 우리에게 남겨 준 것들

박상영(소설가)

　송지현과 나는 대학원에서 해외 문학 스터디를 하기 위해 만났다. 처음 만난 날 송지현은 목이 늘어난 흰색 티셔츠에 아무리 봐도 H&M에서 나온 것 같은 흰 원피스를 받쳐 입고, 앞코가 검게 다 닳은 컨버스를 신고 있었다. 나는 어색할 때면 말이 더 많아지고, 그럴 때면 꼭 하지 않아도 될 말을 한다. 그날도 어색한 분위기를 견딜 수 없었던 나는 그녀에게 "원피스 예쁘네요. 왠지 H&M 스타일인 것 같은?" 하고 말을 걸었고, 그녀는 소스라치게 놀라며 "어떻게 아셨어요? 거기서 샀어요."라고 대답했다. 그리고 또다시 침묵. 나는 진땀을 흘리며 "빈티지

스타일을 즐기시나 봐요. 티셔츠도 컨버스도 2000년대의 향취가 느껴지네요."라고 내 딴은 그녀의 취향이나 안목을 칭찬하는 말을 던졌는데, 그녀는 또 무당을 만난 듯 화들짝 놀라며 실세로 고등학교 때부터 입고 신어 왔던 것들이라고 했다. 빈티지 핏으로 나온 티셔츠가 아니라 정말 목이 늘어난 거였구나…… 뭐 그런 생각을 하며 우리의 스터디가 시작됐다.

우리가 처음 읽었던 책은 포크너의 『음향과 분노(The Sound and the Fury)』였는데, 우리는 하라는 포크너 얘기는 안 하고 왜인지 찰스 부코스키에 대해서만 얘기를 했다.(아마도 포크너의 책이 어려워서 그랬던 것 같다.) 송지현은 진심으로 분노해서 온몸을 떨며 말했다.

"찰스 부코스키 같은 사람 정말 최악이야. 술 처먹고 자기 마음대로 사는 방종한 삶을, 그걸 또 예술적인 걸로 포장해 대는 게 너무 싫다고."

그 말을 듣고서 (그 전날에도 어김없이 밤새 술을 퍼마시고 온) 나는 우리가 영원히 친해질 수 없겠다는 생각을 했다. 알고 보니 그의 그 발언이 '자기혐오'에 가까운 것이라는 사실을 알게 된 후로 우리는 급속도로 친해졌고, 정신을 차려 보니 하루에 문자 열 통 이상은 주고받는 사이가 되어 버렸다.

(매일 술을 마시는) 지현은 나를 처음 만났을 때부터 이미 등단을 한 작가였는데 습작생이었던 나로서는 그가 너무 부럽고 대단해 보였고 등단 작가에 대한 모종의 환상까지 품고 있었다. 함께 밤샘 소설 쓰기 스터디를 할 때 (우리는 정말 다종다양한 스터디를 함께했는데 둘 다 강제성이 없으면 절대, 절대로 일을 하지 않는 게으른 성격을 가지고 있기 때문이었다.) 그가 카페 소파를 구르며 "쓰기 싫어 죽을 것 같아."를 연신 외치는 모습을 보며 '아! 등단 작가도 별거 없구나.'라는 사실을 깨달았다. 그런데 그 별것도 없는 등단 작가가 되기가 무척이나 힘들었던 나는 결국 문학계가 나와 맞지 않는다는 결론을 내리고, 송지현과 의기투합해서 드라마 공모전에 도전하기로 마음먹었다. 서울에서 몇 번의 회의를 거친 끝에 둘의 의지력으로

는 도저히 열네 편짜리 극본을 쓸 수 없으리라는 결론을
낸 우리는 마치 프로 드라마 작가라도 된 양, 동해로 가
서 합숙을 하기로 결정했다.

송지현의 오래된 아반떼를 타고 동해(에 위치한 송지현
의 별장, 그렇다. 외국 소설에서 부잣집 도련님이나 아가씨 들이
방학 때마다 가고는 하는, 그런 미지의 공간인 별장으)로 간 우
리는 아이디어 회의를 한답시고 어시장에서 (놀랄 만큼
저렴하고 살이 통통한) 광어를 사서 회를 쳤다. 그리고 편
의점에서 소주를 산 뒤 망상 해수욕장에서 회를 안주 삼
아 술을 마시기 시작했다. 물론 드라마에 대한 얘기는 손
톱만큼도 하지 않았고 다만 언제나처럼 서로의 신세 한
탄을 늘어놓기 바빴다. 집으로 돌아와서도 쓰라는 원고
는 쓰지 않고, 먹고 남은 회로 매운탕을 끓여 술을 마셨
다.(지현은 탕이나 찌개를 시원하게 잘 끓이는데, 비결은 적당
한 두께로 썬 '무'였다.) 결국 동해를 떠날 때까지 우리는
단 한 글자의 원고도 쓰지 못했다. 단지 몇 개의 파편적
인 아이디어만을 얻어 왔을 따름이었다.

그리고 몇 달 뒤, 나와 이름이 똑같은 한 펜싱 선수가 올림픽 결승전에서 극적으로 승리하며 금메달을 땄다. 꽤 큰 점수 차로 지고 있던 그가 되뇌었던 한 마디, '할 수 있다!'가 전 국민적 사랑을 받는 캐치프레이즈가 되었다. 그 이후 놀라운 일이 벌어졌다. 내가 한 문예지 신인상에 당선된 것도 모자라, 지현과 나의 드라마가 공모전에 합격한 것이었다. 아쉽게도 드라마는 제작 바로 앞 단계에서 좌초되어 버리기는 했지만. 뭘 해도 다 망하고 만다는 패배감에 젖어 있던 우리는 우리보다 여덟 살은 어린 펜싱 선수가 되뇌었던 그 말, '할 수 있다!'를 괜히 가슴속에 품게 되었다.

  그렇게 시간이 지났고, 우리는 삼십 대가 되었다. 이십 대 때 꿈꿨던 사소한 것들을 몇 개 이루었으나 그토록 바라던 안정감이나 행복을 느끼는 데에는 실패했다. 어느새 우리 사이에 연락이 뜸해졌다. 심지어 송지현은 이미 원고가 다 모여서 출판사에 넘기기만 하면 되는 첫 번째 소설집 출간을 차일피일 미루기까지 했다. 주기적으로 조울을 겪으며, 울증기에는 집에 처박혀 잠만 자는 그의 타고난 성정 때문이라고 나는 생각했다. 그가 조만간 다시 자리를 박차고 일어나리라고, 당연히 생각했다. 그러는 동안 시간은 순식간에 흘렀고, 출판계 행사에 참석할 때마다 나는 "송지현 작가 소설집은 언제 나온대요?"라는 질문을 듣고는 했다. 그렇게 출간이 일 년도 넘게 미뤄진 어느 날, 그에게서 문자가 왔다.

'나 동해가서 살려고.'

'그래, 잘 생각했어, 언제 놀러 갈게.' 대답하면서도 나는 사실, 그의 동해 생활이 얼마 지속되지 않으리라고 생각했다. 그때까지 내가 겪었던 지현은 기쁨도 분노도 슬픔도 처리해야 할 업무 앞에서조차(?) 끈기가 없는 편이었으니까. 그런데 놀랍게도 그는 동해 생활에 썩 잘 적응하는 것 같았고, 심지어 미뤄 뒀던 단행본 수정 작업까지 개시했다. 우리가 연락을 하는 빈도가 다시 늘었다. 바다가 보이는 카페에 일자리를 구해서 매일 서핑을 하는 사람을 보며 에스프레소를 뽑는다는 말을 들으니, 어쩌면 지현이 아주 오랫동안 그곳에 머무를지도 모르겠다는 생각이 들었다. 매일 메시지로 그에게 스펙터클한(?) 동해 생활을 전해 듣는 일이 내 하루 일과로 자리 잡았다. 정신을 차려 보니 우리가 마지막으로 본 지 어느새 일 년 가까이 지나 있었다. 이대로 가다간 정말로 얼굴을 까먹어 버릴지도 모르겠다는 생각에, 어느 여름날, 나는 과감히 동해행을 결심했다.

고속 버스에서 내리자마자 지현의 차가 터미널에 서 있는 모습이 보였다. 지현은 피부에 원인모를 발진이 났다며 그 특유의 (건강 염려증에 기초해서 호들갑스럽게) 앓는 소리를 했고, 나는 여느 때처럼 괜찮아 쉬면 금방 나아져, 라고 대답했다. (나 역시 건강 염려증이 있기는 마찬가지라 알레르기 때문에 눈이 간지럽다느니, 허리가 아프다느니 난리를 치기는 했다.) 딱히 계획을 정하고 간 것은 아니었는데, 정신을 차려 보니 우리는 몇 년 전 대의를 도모(?)했던 망상 해수욕장에 도착해 있었다. 이번에는 회 대신 폭죽을 든 채였다. 써야 할 원고도 없으니 괜히 휴가 온 분위기를 내고 싶었던 내가 구매한 물건이었다. 폭죽은 불을 붙이기 무섭게 방귀처럼 소박한 불꽃을 내뿜다가 이내 꺼져 버렸다. 아무래도 편의점에서 제일 싼 폭죽을 샀기 때문인 것 같았다. 주변에 있는 다른 사람들(주로 커플들)의 폭죽은 요란한 소리를 내며 거의 대포 수준으로 쏘아 올려지고 있었다.

폭죽을 터뜨린 후 동해 번화가에 들렀다. 주현이(지현의 동생)가 이미 그곳 호프집에서 술을 마시고 있다고 했다. 나 역시 합석해서 동해 사람들과 짧게 인사를 했고 금방 일어섰다. 선량한 동해 시민분께서 송씨 자매들에게 햄버거 세트 두 개를 선물해 주셨다. 나는 손이 모자란 자매들을 대신해서 햄버거가 든 봉지를 들었다. 우리는 더 놀고 싶다는 합의 아래 모두 노래방으로 향했다. 지현이 가장 먼저 빌리 아일리시의 노래를 불렀고, 나는 미국 중학생이나 할 법한 선곡이라며 지현을 놀렸다. (그리고 일 년 뒤, 빌리 아일리시는 그래미의 주요 부문을 모두 석

권했다.) 주현은 잠시 동안 보컬 전공을 했던 사람답게 몹시 우렁찬 성량으로 가창력을 뽐내는 노래를 불렀다. 나는 그냥 아는 노래를 마구잡이로 불렀다. 집에 가는 길에 송지현이 나를 숙소까지 태워다 줬다. 지현은 조수석에 남아 있던 햄버거를 내게 안겨 주었다. 나는 배가 불러서 괜찮다고 했으나, 지현은 보나마나 자정이 넘으면 배가 고플 게 뻔하니 야식으로 먹으라고 했다. 숙소에 돌아와 씻고 나오자 지현의 예언대로 어김없이 배가 고팠고, 나는 두 자매의 몫이었던 햄버거와 프렌치프라이를 혼자서 다 먹었다. 나의 비만에는 이유가 있었다.

다음 날에는 지현이 일하는 해변의 카페로 놀러 갔다. 서핑을 하는 사람들이 맨발로 카페와 해변 사이를 걸어 다녔다. 나 역시도 수영을 하고 싶어서 지현에게 커피 한 잔을 받아 든 뒤 해변으로 갔다. 사람은 많지 않았다. 검게 탄 얼굴의 젊은 남녀들이 서핑을 하고 있었고, 한 무리의 청년들(?)이 텐트를 친 채 태닝을 즐기고 있었다. 나는 외로운 듀공처럼 홀로 파도를 타며 수영을 하고 놀앉다. 물 밖으로 나왔을 때 문자가 한 통 와 있었다.

"형 혹시 동해야?"

"헉, 어떻게 알았어?"

"아 대박ㅋㅋㅋ 내 친구들이 어떤 털 난 남자가 혼자 수영하고 있는데 왠지 형 같다고 하길래. ㅋㅋㅋㅋㅋㅋ"

죄짓고 살면 안 된다는 교훈을 얻었다.

그즈음 교대 시간이 된 지현도 수영복으로 갈아입고 해변으로 왔다. 나와 지현은 선크림을 덕지덕지 바른 채 잠깐 일광욕을 하다가 기분이 좋아져서 셀카를 찍었다. 지현을 태그해서 내 인스타그램 계정에 올렸다. 삼 분이 지나고 난 뒤, 내 인스타그램 팔로워가 열 명이나 줄었고, 지현의 인스타그램 팔로워는 세 명 늘어 있었다. 나는 쓸쓸한 마음으로 사진을 내렸다. 그리고 슬픔을 잊기 위해 다시 바다에서 신나게 해수욕을 즐겼다.

집에 가는 날에는 조금 쓸쓸한 기분이 들었다. 이미 다녀온 적 있는 동해였음에도 마치 고향에 왔다가 떠나는 기분이었다고 할까? 지현의 차를 타고 터미널에 도착했을 때, 차에서 뭔가 '펑' 하는 소리가 들렸다. 내려서 확인해 보니 뒷바퀴 하나에 펑크가 나 있었다. 나는 지현에게 얼른 보험 회사에 전화를 하라고 했다. 전화를 해 보니 보험 회사에서는 주말이라 견인 서비스를 이용할 수 없다고 했다. 지현은 집에 스페어타이어가 있을 것 같다며 오 분만 차를 끌고 가면 되니 문제가 없다면서 다시 차에 올라탔다. 터미널을 빠져나가는 지현의 아반떼, 뒷바퀴 하나가 날개처럼 펄럭이는 광경을 보며 나는 버스에 올랐다. 언젠가 돌아갈 곳이 있다는 마음, 지현과 함께하는 짧은 동해 생활 동안 한 번도 가져 본 적 없는 고향이라는 감성이 내 가슴에 새겨진 듯한 기분이었다.

동해입니까? 사랑입니다

백은선(시인)

아이와 나는 어둠 속에서 어달 해수욕장을 보며 서 있었다. 겨울이라 바람이 제법 매서웠다. 검은 물이 쾅쾅 소리를 내며 오고 가는 모습을 한참 보고 있었다. 나는 때로 무언가를 겪을 때 그 일이 내게 영원히 영향을 미치리라는 사실을 종종 직감하곤 한다. 그 밤도 내게 그런 순간 중 하나였다. 검고 깊은 바다를 하염없이 보게 되는 마음이란 무엇일까. 왜 우리는 오가는 물에 이토록 매료되어 두 눈을 떼지 못하는가. 그때 아이가 말했다. 엄마, 우리 달한테 소원 빌자. 그래서 우리는 차가운 겨울바람을 맞으며 소원을 빌었다. 나는 그때 무엇을 빌었는지 기

279

억이 잘 나지 않는다. 아마도 행복하게, 아이와 행복하게 살 수 있게 해 달라고 빌었겠지. 네가 잊어도 내가 대신 기억할게. 그때 얼마나 세상에 우리 둘뿐이었는지.

아이는 지금도 '동해의 집' 이야기를 자주 한다. 또 가고 싶다고. 언제 갈 수 있느냐고.
그리워할 수 있는 무언가가 있다는 건 참 좋은 거야.
너는 어떤 마음으로 그 장면을 바라보고 있었는지 궁금하다.

더 이상 견딜 수 없다는 생각이 들 때 나는 동해를 생각하며 버티곤 했다. 조금만 더 살아 내면, 이 시간을 건너면 동해에 갈 수 있다고. 그러면 나는 며칠쯤은 더 힘들게 보내도 괜찮았다. 동해에 가면 나는 입고 있던 옷을 전부 벗어 던지고 가장 편한 옷으로 갈아입었다. 그러면 나는 내가 제대로 된 자리에 놓인 기분이 들곤 했다.

송지현 소설가와 만난 건 대학교 1학년 때 일이다. 알고 지낸 세월이 오래 흘렀지만 그때부터 절친한 우정을 만들었던 것은 아니다. 우리는 같이 스터디를 했고 가끔 같이 술자리를 가졌을 뿐 서로에 대해 자세히는 알지 못했다. 지금 생각해 보면 많이 아쉽다. 그때부터 우정을 쌓아 왔더라면! 그 당시 송지현은 작고 귀여운 아기 양 같았는데, 그런 귀여운 얼굴로 거침없는 말들을 해서 나를 깜짝 놀라게 하곤 했다. 나는 어머 어떻게 저렇게 귀여운 애가 있지? 하고 속으로 생각하곤 했지만 수줍음이 많아서 쉽게 다가가진 못했다. 첫 책이 나왔을 때, 『이를 테면 에필로그의 방식으로』를 주며 지현이는 우리가 이제 친해져서 참 다행이라고, 자기는 예전에 좋은 사람이 아니었다고 그랬다. 그건 나도 마찬가지지만. 그 말이 너무 고마웠어.

그러고 보면 우리는 한때 알던 대학 지인 정도로 남았을지도 모른다. 그런 우리가 이렇게 친해질 수 있었던 건 지현이의 노력과 여러 우연 덕분이야. 고마워 지현아. 네가 먼저 연락을 주지 않았다면 소라게처럼 살던 그 시절

나는 네게 먼저 연락하지 못했을 거야. 네가 우리 집 근처까지 부러 찾아와 주지 않았다면 우리는 송년회 자리에서 보고 반갑게 웃는 사이로 끝났을지도 모른다. 한밤중에 내가 갑자기 카톡을 보내 '지금 가도 돼?' 했을 때, 네가 흔쾌히 '응, 와!'라고 답하지 않았다면 나는 동해에 그렇게 자주 가지 못했을 테고, 주현이를 만나지도 못했을 거다. 너희 자매를 보고 처음에 얼마나 놀랐는지 몰라. 여기가 천국인가? 세상에는 저런 자매도 있구나. 저렇게 재미있을 수도 있구나, 하고 부럽고 부러워서 너희 동생이 되고 싶었어. 너희에게 특별한 사람이 되고 싶다고 얼마나 많이 생각했는지 몰라.

이제는 아무도 없는 내게 너와 주현이가 나의 가장 가까운 가족이라는 생각이 든다. 내가 힘든 일이 있을 때 가장 먼저 찾고 이야기할 수 있는 사람이 이 세상에 있어서 너무 기쁘다. 동해를 갈 때마다 얼마나 좋았던가. 가는 길이 멀어서 나는 더 좋았다. 끝없이 펼쳐진 고속 도로에서 신나게 액셀을 밟으며 점점 가까워지는 속도를 즐기는 밤들이 내게는 어쩐지 시간 여행 같았어. 점멸하는 빛들을 바라보며 그 아름다움에 넋을 잃곤 했어.

처음 동해에 갔다가 집으로 돌아갈 때 지현이는 말했다. '너도 동해에 왔다가 바다를 못 보고 가는구나.' 나는 물었다. '나 말고 또 이런 사람 있었어?' 지현이는 대답했다. '응, 모두가 그랬지.' 그 후에 우리는 바다에 간 적도 많고, 같이 물놀이도 다니고 했지만 내게 동해라는 장소는 송지현과 송주현이 있는 먼 곳, 그리고 내게 가장 가까운 곳이었다. 바다의 유무는 내게 중요하지 않았다. 나는 창문으로 멀리 내다보이는 바다를 보다가 아무것도 하지 않고 내내 누워만 있다가 돌아간 적도 많다. 아무 목적 없이 있을 수 있다는 게 동해 집의 가장 큰 묘미가 아니었을까?!

처음 '동해 생활' 연재가 시작되었을 때 나는 내 얘기가 언제 나오나 하고 자주 찾아보곤 했다. 그런데 내 얘기는 하나도 없어! 지현이에게 '왜 내 얘기 없엉? ㅠㅠ'

하고 물으니 우리 이야기들은 차마 글로 남겨 둘 수 없는 것들이라 쓸 수 없다고 했다. 생각해 보니 나라도 쓸 수 없을 거 같아. 대부분 취중에 벌어진 시트콤 같은 일들이었고, 너무너무 재미있는 일들이 많았는데 우리만의 비밀로 둘 수밖에 없다니 아쉽기도 하고 좋기도 하다. 그러고 보면 내가 마음 놓고 만취할 수 있는 곳은 동해뿐이었다는 생각이 든다.

우리는
우리의 리듬이 있었던 것 같다.
동해에서만 가능한 무언가가.

지금 나는 지현이보다 주현이를 더 자주 보고 지낸다. 지현이는 내가 주현이를 만나기 전에 '내 친구들은 주현이랑 친해져서 주현이랑 따로 연락하고 지내, 친구들 안부도 주현이가 전해 줘.' 하고 말했을 때, 잉? 어떻게 그럴 수 있지? 아무리 친구 동생하고 친해져도 친구 동생일 뿐이지, 그렇게만 생각했는데 아니었다. 주현이는 내

삶의 빛이다. 이젠 지현이가 했던 말이 무엇이었는지 알 것 같다. 『동해 생활』의 편집자 님이 '동해 생활' 줄이면 '동생'이라고 농담하셨다는 이야기를 전해 들었다. 그렇다, 이 책은 송지현 소설가에게 '동해'와 '동생'에 대한 애정의 산물이겠지만 나에게도 새로운 '동생'이 생기는 이야기다.

동해 집을 팔려고 내놨다는데 내가 사고 싶다. 그래서 우리 동해 생활이 끝나지 않았으면 좋겠다. 빨리 로또가 당첨되어야 할 텐데. 그때까지 안 팔렸으면 좋겠다.(미안!) 그러면 아이와 지현이와 주현이 그리고 나 이렇게 넷이서 간헐적 동해 라이프를 즐길 수 있을 텐데.

아이와 나는 자매가 퇴근하고 집에 돌아올 때까지 여러 해변을 전전하며 모래놀이를 하곤 했다. 같이 조개껍질을 주워 모으고, 쌓아도 쌓아도 허물어지는 모래성을 반복해서 짓고는 했다. 아이는 늘 동해에 갈 때마다 무언가를 가져오고 싶어 했다. 지금도 우리 집 선반에는 망상 해수욕장의 모래가 한 컵 담겨서 놓여 있다. 동해에 대해서는 아무리 써도 부족하다. 말로 다할 수 없기 때문이다.

내밀하고 재미있는 누군가가, 마음속에 바다 하나쯤 품고 있는 절친이, 바로 동해에 살고 있기를 바란다면, 그런 천국 같은 곳이 그립다면 여러분은 지금 『동해 생활』을 읽어야만 할 거야. 그럼 다시 돌아올 동해 생활을 기다릴게. 지현이와 주현이에게, 사랑을 담아.

동 해
생 활

1판 1쇄 펴냄   2020년 8월 21일
1판 3쇄 펴냄   2022년 6월 28일

지은이   송지현
발행인   박근섭, 박상준
펴낸곳   (주)민음사

출판등록   1966. 5. 19. (제16-490호)
주소   서울시 강남구 도산대로1길 62
          강남출판문화센터 5층 (06027)
대표전화   02-515-2000   팩시밀리 02-515-2007
www.minumsa.com

© 송지현, 2020. Printed in Seoul, Korea

ISBN   978-89-374-7280-0 (03810)

• 잘못 만들어진 책은 구입처에서 교환해 드립니다.